パーティーが終わって、中年が始まる

pha

幻冬舎

普通の中年になんかなりたくなかった

こないだ道を歩いていたら、そこは歩道と車道が分離されていないタイプの道だったんだけど、あまりスピードを落としていない車が、僕の後ろから、体スレスレのところを通り過ぎていこうとした。

その瞬間、近くを歩いていた二十歳くらいの男の子がとっさに僕に向かって、

「あぶない、おじさん！」

と叫んでくれて、それを聞いた僕はあわてて車をよけた。

そのこと自体は何事もなく無事に済んでよかった。しかし、あの男の子は反射的に、純粋に善意で注意してくれたのだろうけど、「そうか、自分はもうおじさんと呼ばれてしまう年齢なんだな……」と思って、少し落ち込んでしまった。

ずっと、何も背負わない自由な状態でいたかった。

お金よりも家族よりも社会的評価よりも、とにかくひとりで気ままに毎日ふらふらしていることが、自分にとって大切だった。

だから定職にもつかず、家族も持たず、シェアハウスにインターネットで知り合った仲間を集めて、あまり働かずに毎日ゲームとかをして暮らしていた。世間からダメ人間と見られても、全く気にしていなかった。

いつまでこんな感じでやっていけるのだろう、ということは、あまり真剣に考えてはいなかった。わからないけど、まあなんとかなるんじゃないか、と思っていた。

四十代半ばになった今、つかまってしまったな、という感覚がある。何に？　世間に、だろうか。それとも、老いに、だろうか。何をするにも少しずつ足取りが重くなっていて、昔のように自由に動けなくなってきているのを感じる。

特に組織とかに属しているわけじゃないし、他人の目や世間の圧力などをあまり気にしない性格だから、別に年をとってもそんなに変わらない生活を続けられるんじゃないか、と昔は思っていたけれど、そんなに上手くはいかなかったようだ。

年をとるとふらふらとした状態でいるのが難しくなってくる原因は、体力の衰えのせいももちろんあるけれど、年下の人間が世界に増えたということが一番大きい感じがする。

自分がまだ若くて周りが年上の人間ばかりの頃は、「俺すげーダメなんすよ」とか言って、約束をドタキャンしたりメールの返信をいつまでも返さなかったりしていても、まあ若いから、というので大目に見られるところがあったと思う。

しかし、周りが年下の人間ばかりの中で、年上のおっさんが「俺すげーダメ人間だから」とか言って、いい加減なことをするのは、ちょっとキツい。痛々しい。

中身は若い頃から大して成長しているわけではないのに、ガワが老けると昔と同じように振る舞えなくなってくる。つまらないな。一生無責任に何も背負わずにいたかったのに。


十代の頃はあまり楽しいことがなかったのだけど、実家を出てからの二十代はまあまあ楽しかったし、東京に来てからの三十代はさらに楽しかった。いろんな場所に行って、いろんな人に会って、面白いことをたくさんやった。この調子で、ずっと右上がりに楽しいことだけやって生きていけたらいいな、と思っていた。

しかし、四十代半ばの今は、三十代の後半が人生のピークだったな、と思っている。肉体的にも精神的にも、すべてが衰えつつあるのを感じる。

最近は本を読んでも音楽を聴いても旅行に行ってもそんなに楽しくなくなってしまった。加齢に伴って脳内物質の出る量が減っているのだろうか。今まではずっと、とにかく楽しいことをガンガンやって面白おかしく生きていけばいい、と思ってやってきたけれど、そんな生き方に限界を感じつつある。

楽しさをあまり感じなくなってしまったら、何を頼りに生きていけばいいのだろう。正直に言って、パーティーが終わったあとの残りの人生の長さにひるんでいる。下り坂を降りていくだけの人生がこれから何十年も続いていくのだろうか。

しかし、この衰えにはなんだか馴染みがあるようにも感じる。思えば自分は、若い頃からこうした衰退の気分が好きだった。

昔素晴らしかったものは、既にもう失われてしまった。大事な友達は、みんないなくなってしまった。すべては、どうしようもなく壊れてしまった。そんな物語を好んで読んできたし、そんな歌詞の歌を繰り返し聴いてきた。喪失感と甘い哀惜の気分を愛してきた。

「もうだめだ」が若い頃からずっと口癖だったけれど、今思うと、二十代の頃に感じていた「だめ」なんてものは大したことがない、ファッション的な「だめ」だった。四十代からは、「だめ」がだんだん洒落にならなくなってくる。これが本物の衰退と喪失なのだろう。

　若い頃から持っていた喪失の気分に、四十代で実質が追いついてきて、ようやく気分と実質が一致した感じがある。そう考えれば、衰えも悪くないのかもしれない。自分がいま感じているこの衰退を、じっくり味わってみようか。

　この本では、そんな四十代の自分の「衰退のスケッチ」を描いていきたい。

目次

III

I

ずっと練習のような気持ちで生きてる

壇上に上がると、客席はすでに人で埋まっている。照りつけるスポットライト。正面にはオンライン中継用のカメラ。自分の名札が置いてある席に座って、最後に一瞬だけ、今日話すことを書いたメモを見返す。

話の流れというものがあるので大体いつも用意した内容はほとんど話さずに終わるのだけど、それでもあらかじめ準備をしてしまうのは、とっさに何か話さないといけなくなったときに頭が真っ白になって黙り込んでしまいがちだからだ。保険としてある程度の話題のストックを持っておかないと不安なのだ。何も持たずにステージに上がってその場のノリで話しまくれる人は自分とは別の生き物だと感じる。

トークイベントに呼ばれることがときどきある。呼んでもらえることは光栄だし、会いたい人と話せるのはうれしいのだけど、しかし何度やってもずっと苦手感がある。慣れない。

昔から、一回こっきりで失敗したら取り返しがつかない本番というものが苦手だ。

小学校の頃のお遊戯会から最近呼ばれる書店などでのトークイベントに至るまでずっと、舞台の上に立つといつも、記憶が飛んでしまう。壇上でのことはいつもうっすらとしか覚えていなくて、本当にあったことなのか疑うくらいだ。緊張し過ぎているせいなのだろうか。トークが得意な人は、調子よく話している最中も、自分が客席からどう見えるかという冷静な視点を持っているのだろうと思う。

自分は真逆だ。舞台に上がると状況が何もわからなくなって、霧の中でひたすら目の前にある壁を殴っている、という感じで、気がつくと一時間半くらいが過ぎて、終わっている。それがトークイベントだ。

話すよりも書くほうが好きなのは、文章にはリアルタイム性がないからだ。失敗したら何度でも書き直して、満足が行くところまで直してから人に見せればいい。安心感がある。

いつも、うんざりするくらい何度も書き直しをする。一度完璧に書けたと思ったものでも、翌日に見直すととてもアラが目立つ。そのアラを全部直しても、また次の日に読み返すと直したくなるところが出てくる。その作業を三回くらい繰り返すと、ようやく直すところがなくなる。

世の中には一発で完成に近い状態まで持っていける人もいるのだろう。そういう人は多分、舞台の上でも一発で満足のいくパフォーマンスができるのだと思う。憧れる。

自分はとっさの反射神経が弱いのだろう。アドリブや新しい状況に対応するのが苦手で、不意をつかれたり、予想外のことが起こると、何も出てこなくなってしまう。

そんな感じなので、今まで本番では失敗ばかりしていて、そして失敗をしたときは、こんなふうに考える癖がついてしまっている。

「今回は失敗したけど、勉強になった。次に活かそう」

一度目でうまくいくなんて、そんなうまい話はない。今回の経験を元にして、だめだった点を改善すれば、次はうまくやれるはずだ。

でも、実際に次に同じような状況になったときには、大体いつも前回のことは忘れてしまっていて、同じ失敗を繰り返すのだ。毎週トークイベントをやっていれば経験値が増えるのかもしれないけれど、そんなに得意なわけでもないから半年に一度くらいしか出演しないし、次にやるときにはもう前回のことを忘れている。そしてまた同じような失敗をする。その繰り返しで全く前に進んでいない。

それでも、「勉強になった」「次に活かせる」とでも思わないと、自分の人生が全く進んでいなくて失敗ばかりのようで、やりきれないのだ。

本当は知っている。トークイベントだけではなく、人生のすべてが一回きりの本番で、やり直しなんてものはないということを。同じ状況なんてものは二度と訪れないということを。

そのことを考えると怖くてしかたがない。ゲームみたいに失敗したらセーブポイントまで戻りたい。パソコンのようにアンドゥボタンやリドゥボタンがほしい。でも、そんなものは存在しないのだ。この世界はハードモードすぎる。

若い頃に読んで、今でも印象に残っているマンガの一シーンがある。

福本伸行『賭博黙示録カイジ』（講談社）の第一巻で、負けると人生が終わるようなギャンブルに負けたのに、パーティーの余興のゲームに負けたくらいのノリで、ヘラヘラ笑いながら退場していくモブキャラが出てくる。それを見た登場人物のひとりがこう言うのだ。

たぶんここまでの人生も
都合の悪いことからは目をそらし生きてきた甘ったれよ……
おそらくはこの船にいる「今」さえどこかで現実だと思っとらん
半分夢見心地や
だからあれだけ気前よく負けられる

学生だった自分はこの話を読んで、まさに自分のことだ、と思った。

その頃は、現実や社会というものが怖くてしかたがなかった。知らない人に会いたくなかった。本やネットで得た知識だけですべてをわかったような顔をしていた。人生というものに現実感が持てなくて、すべてテレビゲームと同じように感じていた。人生の本番はまだ始まっていない。今はまだ何をやったらいいかわからないけど、そのうちもうちょっとちゃんとできるようになるはずだ。そのときがきたらがんばろう。そんなふうにいつも思いながら、何も行動には移さず、惰性のままにだらだらと無為な毎日を送っていた。

こんなんじゃいけない、というのは、わかっていた。でも、現実というものがよくわからなすぎて、怖かったのだ。

いつまでもいつだって、自分と現実とのあいだには、見えない薄皮が一枚はさまっていて、そのせいですべてがフィクションのように思えていた。どうしたら他の人と同じように、現実をリアルに感じることができるのだろう。もっとちゃんと、現実とつながりたい。この薄皮を取り去りたい。

人生経験が足りないのがよくないのだろうか。切実に生活が困窮したり、事故や病気で死にかけたりしたことがないから、現実感がないのかもしれない。外に出てもっといろんな経験を積めば「本物の人生」を生きられるのだろうか。そんなことをぐるぐると考えて、焦り続けていた。

『カイジ』を読んでいた大学生の頃から二十年あまりが経(た)って、四十代半ばになった。この歳になるとさすがに、失敗をしたときに「次に活かせる」と思うのは難しくなってきた。結局、自分はいつまでも自分のままで、自分が陥りがちな思考や行動のパターンからは逃れられない、ということがわかってしまった。

若い頃は、試行錯誤を積み重ねれば、どこかに辿(たど)り着くのだと思っていた。いつか、完璧な自分になれるのだと思っていた。でも、そうじゃなかった。失敗は何かの糧じゃなくて、ただの失敗だった。自分はどこにも辿り着かず、ずっと中途半端なままで、同じ失敗を繰り返しながら生きていくのだ。

そして、もういい歳になった今でも、現実への現実感のなさは続いている。恥ずかしいから口には出さないけれど、未だに、これが本当に現実なのか、自分の人生というのはこれで本当に全部なのか、と、常にうっすらと思っている。

この現実感のなさは、人生経験を積んだら克服できるという種類のものではなくて、生まれつきの性格の問題だったのかもしれない。それだったらもうどうしようもない。常に見えない薄皮に包まれている、現実感がない状態が自分にとっての現実なのだ。

ただ、生まれつき現実感が薄いという性質にも、ひょっとしたらメリットはあったのかもしれない、と最近は考えることができるようになった。

現実感が薄いせいで、世界全体を外側から眺めるようなところが自分にはあって、そうした物の見方は生きていく上で役に立った場面もあったように思う。また、現実のことが実感できなくてちょっとぼんやりしている感じが、人に対して安心感を与えるところもあったのではないだろうか。そう考えると、自分のそういう性質も悪くないような気がしてきた。

多分、さらに年をとったら、自分が老人になるなんて嘘みたいだ、と思っている老人になるのだろう。そして死が近づいてきたら、本当にこれで終わりなのか、人生って嘘みたいだよなあ、いろんなことがあった気がするけど、あれは全部本当にあったことなのだろうか、妄想じゃないだろうか、まあどっちでもいいか、ははは、なんもわからん、まあすべてはそんなものだ、という感じで、意識がだんだんぼんやりとしていって、なんとなく死ぬのかもしれない。それだったらまあそれでいいような気がする。

中年の不要な存在感

こないだ十九歳の若者と話していたら、地方から上京してきたけど決まった家がなくて友達の家を泊まり歩いてる、と言っていて、その話を聞いてとても懐かしい気持ちになった。

自分もそんな生活をしていた頃があった。二十八歳で会社を辞めて無職になったとき、大きなザックひとつだけを背負って、いろんな友達の家やシェアハウスを転々と泊まり歩いていた。その後、自分でシェアハウスをやっていた頃は、あちこちからやってきたいろんな人を無秩序に泊めたりもしていた。

ああいうのはやはり、泊めるほうも泊まるほうも若かったからできていたのだな、と思う。若者はリビングの片隅に適当に泊めておいても邪魔じゃない。ひとつの部屋でみんなで雑魚寝したりもよくしていたし（雑魚寝という言葉だけでもはや懐かしい）、布団なんかなくても平気で床で寝ていた。

四十代になった今では、全くそういうことをしたいと思わなくなってしまった。今は、友達の家に泊まっても友達を自分の家に泊めても、相手のことをうっとうしく感じてしまいそうで怖い。

あちこちを泊まり歩いている若者の話を聞いて一瞬うらやましく思ったけれど、実際にそういうことをしたいわけではなく、適当に人の家で夜を明かしたりしたいと自分が全く思わなくなっていることを確認して、あの頃から遠くに来てしまったな、という感慨を持っただけなのだった。

中年になって、他人と一緒に過ごすことの許容度が下がったのはなぜだろうか。なんだか中年になると、自分も他人も、存在しているだけでうっとうしさが発生してしまっている気がする。それは容姿が老けてきたからなのか、それとも物音や人の気配が苦手になったからなのか。

年をとってから身だしなみに少し気をつかうようになったのはそのせいだ。少しでもうっとうしさを軽減したい。

若い頃はむしろ好きこのんでむさ苦しい格好をしていた。ボサボサの髪でヨレヨレのシャツを着て、世の中のメインストリームから外れた感じでいるのが居心地がよかった。社会に参加したくなかった。まともな人たちから、どうでもいい取るに足りない存在だと見られていたかった。

そんな自分が、四十歳を超えてからは、少しちゃんとした服を着るようになった。といってもそんなに大したことはしていなくて、あまりにもくたびれた服は捨てて、ユニクロやGUや無印良品でシンプルな服を買うようになったとか、一か月半に一度は髪を切るようになった(それまでは三、四か月経って髪が伸びすぎて洗うのが面倒になるまで放置していた)とか、それくらいのことに過ぎないのだけど。

別に、お洒落になりたい、と思ったわけではない。中年男性があまりにもほったらかしの見た目をしていると、不審者だと思われて警戒されそうだからだ。

若い男子がボサボサの髪の毛でヨレヨレの服を着ていても、まあこの子は見た目に頓着していないんだな、と思われるだけだろう。

中年以降の男性がだらしない格好をしていると、なぜ危険な雰囲気になってしまうのだろうか。周囲を怯(おび)えさせないためには、ある程度のこざっぱりさを身につける必要があるらしい。面倒だけど。

中年になると、ちゃんとした格好をしないと人を警戒させてしまうのは、年をとると存在感というものが否応（いやおう）なく増してしまうからではないだろうか。

若い人間は存在感が薄い。そのせいで軽く扱われたり、無視されたりしてしまいがちでもあるけれど、どんな場所にでもスッと溶け込みやすいというメリットもある。多少変な若い人間がいても、まあ若者だからしかたない、という理由でなんとなくスルーされる。

しかし年をとるにつれて、その人がどういうタイプの人間かということにかかわらず、自然に存在感というものが増してきてしまう。

年上の人間が場にいると、軽く扱いにくい。無視しづらい。いるだけで威圧感を放ってしまう。

権力というもののもっとも些細（ささい）な始まりは、その人がいるとなんとなく無視しづらいという雰囲気だ。年功序列というシステムが根強いのは、年上の人を軽く扱いにくいという人間の自然な感覚を基盤にしているからだ。

権力を持つのが好きな人にとっては、年をとって存在感が増すのは悪くないことなのかもしれない。だけど自分はずっと、権力を持つことに全く興味がなかった。むしろ、みんなから軽く扱われていたい、と思っていた。そのほうが誰にも期待も邪魔もされず、自分の好きなように動けてラクだからだ。

存在感が薄くてどこに行っても透明でいられる若者は気楽だけど、若いときは若いときで、その存在感の薄さに悩んでしまいがちでもある。

若者が尖(とが)ったファッションをしたり、マニアックな趣味にかぶれたりするのは、気力や体力などのエネルギーが過剰だからというのもあるだろうけれど、存在感が薄くて軽く見られがちなので、もっと注目されたい、と思うせいもあるんじゃないだろうか。

年をとるにつれて、極端な行動や格好で世間の注目を集めようとする人間が減るのは、そんなことをして存在感の薄さを補わなくても、加齢によって自然と存在感が増してしまうからなのかもしれない。


人に軽く見られているほうがラクだから、権力や存在感なんていらない。会社や組織に属さず、ひとりでふらふら生きていたい。そう思って今までやってきた。

しかし、そんな自分でも、最近は若者と話すたびに、目上の人として気を遣われていることを感じる。自分が否応なく存在感や権力を持ってしまっていることを自覚せざるを得ない。

こんなつもりじゃなかったのにな。年をとっても内面は大して若いときと変わっていないから、据わりの悪さを感じる。ずっとどうでもいいふらふらとした存在でいたかった。

だけど、それは受け入れるしかないのだろう。内面とは関係なく、容姿や立場が行動を自然と変化させていくのだ。

物事には何にでも順番がある。一般的な社会のルールとあまり関わらないように生きてきたつもりの僕でも、順番には逆らえないようだ。何も背負わずふらふらと危うげに生きていくのはもっと若い人たちに任せようと思う。がんばって僕の分までふらふらと生きてくれ。

死について考えなくなった

そういえば、死について最近あまり考えなくなった。

十代の頃、死にたい、と思っていたわけではないけれど、『完全自殺マニュアル』や『人間臨終図巻』など、死を扱った本を好んで読んでいた。死のことを考えると、なんだか意識がシャキッとする感じがしたのだ。

普段はだらだらと、自分の人生がいつまでも際限なく続くかのように、この人生が本番ではなく何かの練習であるかのように、時間を無駄にしながら生きてしまっている。だけど、死に関する本を読むと、自分もいつか死ぬのだ、ということを自覚させられて、この一回きりの限りある人生をちゃんと生きないとな、という気持ちになれた。そんなふうに、やる気のないときにエナジードリンクを飲むように、死についての本を読んでいた。

そこには、「世間のみんなは死から目を背けてなかったことにしているけれど、自分はちゃんと自覚するようにしているのだ」という中二病的な気持ちもあっただろう。

社会や学校への馴染めなさをずっと抱いていた自分としては、死は現世的な価値をすべてひっくり返してくれる飛び道具だった。

生きているうちにどんなに栄華を極めても、死ねば全部無だ。すべての人に死は平等にくる。普通も常識も法律も死の前では意味がない。死について考えることで、世の中のすべてを相対化することができた。

死について幼い頃から考え続けた結果として、社会から離れて山に小屋を建てて暮らすようになった高村友也さんの『僕はなぜ小屋で暮らすようになったか』(同文舘出版)という本に、「死というのは、その人の本性を映し出す変幻自在のジョーカーカードのようなものである」という記述がある。

「人生は短いのだから、力を尽くして精一杯生きるべきだ」と言う人は、最初から精一杯生きたいと思っているのだし、「どうせ死ぬのだから、楽に生きよう」と言う人は、最初から楽に生きたいと思っている。頭に「いつか死ぬのだから」という枕詞を付けると、その後にその人の本性を表す文言が続くようになっていて、しかもどんな文言でも成立する。

死に向かい合うと、人はシンプルに、自分自身に正直になる。そうやって自分を知るための装置として、若い頃は死を利用していた。

しかし四十代半ばになった今は、死についてあまり考えなくなってしまった。この年代になると、死というものが現実の対極にある観念的なものではなく、単にリアルで嫌なものになってきている。最近は少し年上の人が病気で亡くなる話を聞くことが増えた。

たまに死のことが頭をよぎると、シッシッと、猫を追い払うように頭の中から追い出してしまう。そうすると死は寂しそうな表情をする。僕の中での死のイメージは、不定形の小さな黒いスライムで、目がひとつだけある。

薄情なものだよな。昔は特に用もないのにむやみに死という概念を呼び出して弄んでいたのに、実際に死が近づいてくると、嫌なもの扱いをして目を向けようとしない。

人間はみんな自分勝手に、死に対して罰だとか救いだとかを当てはめようとする。もしくは他人の気を引くためにとか、自分を特別に見せるために、死を利用したりする。死には何の意図もなくて、ただの現象としてそこにあるだけなのに。

でも、人間がそういう愚かな生き物だっていうことは、お前もよく知っているだろう。今はもうちょっとだけ、あっちに行っていてくれ。そのうちずっと一緒にいてやるから。

ひらめきアディクション

暑くも寒くもない五月の夜遅く、好きな音楽をイヤフォンで聴きながら、家の近所を意味もなく歩き回る。昔はただそれだけで楽しかった。

信号機の光、コンビニの光、自動販売機の光。風に揺れる街路樹の影。人の少ない夜の街は、昼とは全く違って見える。

散歩が好きなのは、歩いていればいつも何かを思いつくからだ。

頭の中にぼんやりと浮かんでいるきれいな色のもやに、手足をはやして目鼻をつけて、現実世界のものにしていく。

バラバラの要素だったAとBとCが、○と△と□が、火花を散らしながら結びついて、見たことのない何かを形作りはじめる。

何かを思いつくたびに、脳にしびれるような快感が走る。すべてがキラキラと光って見える。その瞬間が、生きている中で一番好きだった。

それ以外の時間は、すべてどうでもいい、と思っていた。


だけど最近、そうしたひらめきがあまり起きなくなっているような気がする。

歩いていてもあまり何も思いつかない。そもそも散歩自体がそれほど楽しくない。あんなに何度も聴いた好きな音楽も、心を動かさないようになった。こんなにも季節や体調のコンディションは最高なのに。おかしい。

昔は歩いているだけでなぜあんなに楽しかったのか、思い出せなくなってしまった。


そもそも自分が、お金や仕事や、社会的な地位や名声にあまり興味がなかったのも、頭の中で何かを思いついているときの快楽に比べれば、どれも大したことがないな、と思っていたからだ。

文章を書いたり、シェアハウスを作ったり、イベントを企画したり、友達に別の友達を紹介したりといった、世界に新しい結びつきを作ることにしか興味がなかった。

だから、自分の中ではお金よりも時間のほうが圧倒的に重要だった。何かを思いつくのに必要なのは、お金ではなく時間だ。お金がいくらあっても暇な時間がなければアイデアは降りてこない。自由に物を考えられる時間さえあれば、いくらでも頭の中だけで楽しむことができる。だから二十八歳のときに会社を辞めて、自由な時間を確保した。

そこから十五年あまりが経った。定職につかずに物事を自由に考える生活は、予想通りにとても楽しくて、思いつくままにいろんなことをやっているうちにあっという間に年月が過ぎた。

しかし、順調だったその生活も、四十代半ばにさしかかって少しかげりが出てきた。最近、今までと同じようにやっていてもなんだか楽しくなくなってきてしまった。

何かを自由に考えることに楽しみが見いだせないと、自分の生活の基盤が崩壊してしまう。これは、年齢のせいでクリエイティビティが落ちてきたということなのだろうか。


周りのライターや作家など、文章を書く人を見ていて気づいたことがある。

それは、ほとんどの人は自分のように、ひたすらひらめきに頼るようなやり方で物を書いているわけではなさそうだ、ということだ。

今まで僕が文章を書くやり方はこんな感じだった。

頭の中にひらめきが降りてくるまでは、机に向かわずにだらだらしている。ゲームをしたり、散歩をしたり、風呂に入ったりしている。そのあいだ、ずっと書く内容をぼんやりと考えてはいるけれど、そんなに真剣には考えていない。

考える内容を頭に入れたままで他のことをしていれば、そのあいだに無意識の領域で問題が整理されて、解決に向かっているはずだ、と信じている。

そうしているうちに、ふと、何かが降りてくる。あれとこれを組み合わせて、こういう順番で並べていけば形になるのでは、というアイデアが浮かぶ。

その瞬間、頭がしびれるような快感がある。光る水が脳の隙間を流れていく。これだ、これを待っていたんだ。

そして、テンションを上げて集中しながら、一気に文章を書き上げる。書いているあいだじゅうずっと、脳が気持ちよくてしかたがない。至福の時間だ。これを味わうために自分は文章を書いているのだ。

この楽しさに比べたら、世界にある他のすべてのこと、人間関係とか社会とかなんだかんだは、全部どうでもいい。

この快感執筆ゾーンにできればずっととどまっていたいのだけど、一時間半くらいで限界がきて、書けなくなってくる。ちょっと疲れたな、と思って時計を見ると、測ったようにちょうど一時間半が経っている。

脳内のドーパミンか何かを使い尽くしてしまうのだろう、一旦この状態から抜けると、かなりぐったりとした状態になる。再び執筆可能になるまでは、数時間の間隔を空けないといけない。

書き終わったあとはいつも、しばらく反動で何もできない。頭の中は重くてだるくて、世界が終わってしまいそうな憂鬱な気分だ。部屋の電気をつけずに布団に潜って、うつろな表情でひたすら横になっていることしかできない。そうやって、再びエネルギーが充塡されるのを待つしかない。

一回書くごとに虚脱状態になるので、一日に執筆状態に入れるのは最高で二回くらいだ。一時間半書いて、数時間休んで、また一時間半書く。

気力がなくてサイクルを一回しか回せない日も多い。そうすると、一日の中の執筆時間は一時間半だけしかないということになる。短い。世の中の人はみんな一日八時間とかそれ以上働いているのに。

でも、そんなものだと思っていた。物を書くというのはそういう作業なのだ。文章を書く人や何か創作をする人は、みんな多かれ少なかれ、自分みたいな仕事のやり方をしているはずだ。

だけど、実際にいろんな人に話を聞いてみると、そんなことはなかった。普通に仕事をするように、毎日何時間も机に向かって書いている人がほとんどだった。

僕みたいに、普段はひたすらだらだらしているけど、獲物の気配がしたらウオーッと槍を持って出かけていって、マンモスを狩り終わったらまたひたすら寝ている、みたいな、原始人みたいなやり方で書いている人はいなかった。

そのことを知ると、「文章にはひらめきが必要だから、安定して文章を書くなんて無理。ひらめかないときは仕事をしたくない。だから締め切りはないほうがいい」とか言っていた自分が、少し恥ずかしくなってきた。

自分は変に芸術家ぶっていただけなのかもしれない。ただ快感のためだけに書いていた自分は、すごく子どもっぽいような気がしてきた。


そもそも、そんな原始人みたいな仕事のやり方で生活が成り立つのか？　という疑問が出るかもしれない。それがなぜか成り立ってきたのだ。自分でも不思議なのだけど……。

しかし、そんな気ままな状態はずっとは続かなそうだ。

年をとるにつれて、少しずつ執筆のオファーも減ってきている。アイデアを思いつく頻度も減った。

そして、何より、脳に電流が流れたようなトランス状態で執筆して、そのあと虚脱状態でどん底に落ちる、という、激しいアップダウンを繰り返しながら書き続けるのに、少し疲れてきてしまった。年をとって体力がなくなったせいなのかもしれない。書くことが嫌いになったわけではない。書くことと読むことは自分の根幹を成しているし、それはこれからもずっと変わらないだろう。

そもそも、今さら自分にできる仕事も、書くことくらいしかなさそうだ。四十代半ばまで、他のスキルを積み重ねずにやってきてしまった。

ただ、今までの書き方は疲れた。今までは、執筆時に出てくる脳内快楽物質の、ただのジャンキーだった。びりびりとしたしびれのなかで舌を出していたい、というだけだった。若い頃はそれだけでもやってこられたけど、この先ずっとは厳しそうだ。

もっと、普通に仕事をする人と同じように、何時間も平熱で淡々と仕事を進められるようになりたい。毎回ジェットコースターに乗るような感じではなく、もくもくと壁にペンキを塗り続けるような感じで、着実に文章を書けるようになりたい。

去年の春頃、ひらめきをひたすら追い求めるやり方に疑問を持ち始めたあたりから、生活スタイルが変わってきた。

具体的には、ひとりで何かをするのが楽しくなくなってしまった。

今までは、ひとりで本を読んだり、散歩をしたり、旅行をしたりするのが好きだった。誰かといるよりもひとりでいるほうが、いろんなことを思いつくから楽しい、と思っていた。

それが、創作へのモチベーションが減ったとたん、楽しくなくなってしまった。

僕がひとりを楽しんでいたのは、それが創作の役に立つ、というのが前提になっていたみたいだ。読書も散歩も旅行も、それをしているといいアイデアを思いつくからやっているところが大きかった。

自分は、創作とは関係ない純粋な楽しみを持っていなかった、ということに気づいてしまった。

そうすると急に時間が余るようになった。ひとりで本を読んだりゲームをしたりしても楽しくない。この空き時間を何をやって埋めていたのか、全く思い出せない。しかたないので普段やらない家事（ガスコンロをきれいに磨いたり）をしたりしている。

昔は「ひとりでいるのが一番楽しい」と平気でうそぶいていたのに、ひとりでいる時間がやたらと寂しくてしかたなくなってしまった。

こんな状態なら、会社勤めが普通にできそうだ。ひとりでひたすら虚無の時間を過ごすくらいだったら、会社にでも行っていたほうがいい。そうか、みんなこんな感じで会社勤めをしていたのか。

クリエイティビティと孤独というのは表裏一体なのかもしれない。

頭の中に、作り出したいものがたくさんあるときは、ひとりでいても何も問題がなかった。むしろ他の人間の存在はノイズだった。ひとりのほうがいいものを作れる。もっと、ひとりになりたい、と思って、近くにいるいろんな人を遠ざけてきたのが自分の人生だった。

創作を楽しめているときはそれでもよかった。しかしクリエイティビティが去ってしまうと、残ったのは単なる孤独だった。

ひらめきがあまり起きなくなり、ひとりでいる時間が楽しくなくなって、世の中の人がなぜパートナーや家族を作るかが少しわかった気がした。

自分がずっとハマっていた、何かを思いついたときに脳に起こる麻薬的な快楽、それをそもそもみんな重視してないから、みんな家族を作ったり、会社に属したり、社会のために何かをやったりしていたのだ。

天才的な芸術家のように汲めども汲めども尽きない発想の泉を自分の中に持っていれば、孤独なんて感じる暇はなく、生活のことなんて放りっぱなしで、頭の中の宝石を現実化する作業をしているだけで一生が過ぎ去っていくのだろう。そういった存在に憧れていたけれど、自分の中の発想の泉は四十歳で息切れする程度の湧出量しかなかったようだ。

それはそれで幸せなことだったのかもしれない。電撃ではなく、もっと地道なものを追い求めてみようか。熱に浮かされたようなうわずった表情で作り上げたものは一瞬人を幻惑するけれど、すぐに霞のように消えてしまう。もっと粘り強くありたい。瞬発力では絶対に若者には勝てない。決して鋭くはないけれど、この人ならではの、言葉では説明しにくい曖昧な良さがある、そういうところを目指したい。そういう存在を目指したい。謎のじじい、みたいな。

ひとりでいるのに慣れすぎた

シェアハウスをやっているとき、取材などで「新しい家族のかたち」みたいに紹介されることが多かったのだけど、ずっと、そういうのじゃないのにな、と思っていた。訂正するのも面倒だったので、そこまで強く反発したわけではないけれど。

みんな、家族という概念がとても好きみたいだ。自分は家族というものに思い入れが全くない。だから、そんなに深くつながらないけれど、なんとなく人が周りにいるシェアハウスくらいがちょうどよかったのだ。恋愛をしても、相手と近い関係になりそうになると、なんだか窮屈さを感じて、すぐに逃げ出してしまった。そうやって、今までほとんどひとりで過ごしてきた。

世の中を見回すと、なんだかみんな普通にパートナーがいてびっくりする。生きるのが苦手だ、という内容の文章を共感しながら読んでいたら、途中でパートナーがいることが明らかになって、「なんだ、そっち側の人だったのか」と疎外感を覚えることがよくある。やっぱりみんな、そうなのか。

友達がパートナーと一緒にいるところに居合わせると、いつもと違う面を見ることができて面白い。みんな、他の人と話すときよりも親密でざっくばらんな「身内モード」で話しているように見える。親しげなだけではなく、ちょっと当たりがキツかったりすることもある。

この「身内モード」が、自分の中には存在しないのかもしれない。自分は誰かと交際をしても、特別に親密にも、当たりがキツくもならなかった。相手から見ると、そういうところがいまいち安心しきれないというか、不満を持たれていたのではないだろうか。

「身内モード」を自分の中に持っていて、そのモードを発揮できる相手を見つけている人をうらやましく思うけれど、それは宗教に入っている人を見て、信仰があると心が安定しそうでいいなとうらやましく思うのと同じ感じで、いいなと思っても、そもそも自分の中に存在しないモードを真似(まね)することはできないのだ。

このあいだ、荻上チキさんが書いた『もう一人、誰かを好きになったとき――ポリアモリーのリアル――』(新潮社)という、ポリアモリーについての本のトークイベントに参加した。

ポリアモリーというのは、直訳すると「複数愛」となる言葉で、複数の相手と性愛関係を持つ交際形態のことを指す。

一般的には、性愛の関係というのは一対一であることが普通とされていて（これをモノアモリーと呼ぶ）、複数の相手を性愛の対象として持つという行為は、「浮気性」とか「不誠実」とか呼ばれてよくないものとされることが多い。

しかし、世の中には一対一の関係にどうしても窮屈さを覚えるタイプの人がいる。それは誠実不誠実という問題ではなく、もともと持っている性質なのだと思う。

この社会では一対一のパートナー関係が普通ということになっているけれど、実際には、隠れてパートナー以外に性愛の相手を持っている人や、性風俗を利用している人などは一定の数いそうだし、ポリアモリー的性質を持っている人は意外と多いのではないだろうか。

ポリアモリーの人たちは、隠れて複数の関係を持つのではなく、オープンに全員の合意を取って関係を持つ、というかたちを理想としている。しかし、自分がポリアモリーでも、パートナーがポリアモリーではなかった場合は抵抗を受けることも多い。相手にパートナーがいて、そちらの同意を得られていない、ということもある。ポリアモリー的な関係性は世間的にもまだまだ理解を得にくく、叩かれることも多い。

イベントにはポリアモリーの人がたくさん参加していて、それぞれが抱えた複雑な事情を語っていて、その話を聞いていて、ちょっと解放された気がした。昔から、一対一の関係をうまく結べない自分はなんてだめなんだろう、と思って気が重くなっていたのだけど、自分は単にそういうのを求めない性質だっただけなのかもしれない、と気が楽になったのだ。

正確には、自分はポリアモリーとは少し違うかも、というところもあった。ポリアモリーは複数の人と特別に親密で性的な関係を持つことだけど、自分は親密な関係というもの自体が苦手で、一人の相手と親密な関係を結ぶのもうまくできないし、ましてや複数と親密な関係を持つのはさらに苦手だ、と感じる。

独占欲というものが苦手なのかもしれない。他人に対して独占欲があまりないし、独占欲を向けられるのも苦手だ。好きな人が自分と仲良くしてくれないと寂しいけれど、自分と仲良くしてくれている上で他の人とも仲良くしているのは、特に何も感じない。自分と会っていない時間はその人のものだから好きにすればいい。特別に親密な関係、というものは独占欲と関係がありそうな気がしている。

本の中で紹介されていたスウィングというのがひょっとしたら自分に近いのでは、と思った。ポリアモリーが特別に親密な関係を複数と結ぶのに対して、スウィングは性的な関係は持つけれど特別に親密な関係を持たない人をそう呼ぶらしい。ただ、スウィングというのは乱交パーティーやスワッピングをしている人を指すらしく、自分は全くそういうことをしているわけではない。ただ、相手に対して親密さを持つかどうかという点についてだけ、近いかもしれない、と思ったのだ。

自分だって性的な感情を持つ相手に対しては、性欲だけではなくそれなりに親密さを感じているけれど、他の人たちと比べると、自分が感じている親密さは友達に対するものとそれほど変わらなくて、質的な違い、モードの違いのようなものがあまりないような気がする。そのことについて後ろめたさをずっと持っていた。

ポリアモリーといってもいろんなタイプがあって、本の中では、ポリアモリーだけどアセクシャル（性的なことに興味があまりない）という人など、さまざまな細かなパターンが紹介されていた。こういったものは言葉で分類すること自体に限界があって、人間の性格と同じように、ひとりひとりそれぞれ独自の性質がある、という種類のものなのだろう。


特別に親密な関係を持つということがよくわからないけれど性欲はあって、その二つの乖離に悩んできたのが今までの人生だったのだけど、四十代になって少し状況が変わってきた。

性欲は結構減ったと思うけど、ゼロになったわけではない。ただ、他人と性的な関係を持つことへのハードルがかなり上がった。具体的には、人の前で裸になるのが恥ずかしいと感じるようになった。こんな見苦しい中年の体なんて人に見せるものじゃない、と思ってしまう。昔は聞かれもしないのに自分から性的な話をしたりしていたけれど、今は、四十代の性の話なんて誰も聞きたくないよな、と思って、語ることも少なくなった。性はやはり、若者のものなのだろう。若者が誰かとセックスをした話をネットで見かけると、いいぞ、もっとやりまくれ、とこっそり応援している。

若い頃は、四十代の性の話なんて聞きたくない、と思っていた。想像したくもなかった。それと同じように、四十代の今は、六十代や七十代の性の話なんて聞きたくない、という気持ちがあるのだけど、実際には六十代や七十代でも完全に性から離れることはできなそうな感じもあるので、見たくない、と思って蓋をするのではなく、老境の性について今から受け入れる準備をしておいたほうがいいのかもしれない。

普段の生活の中で全般的に気力がなくなってきているのも、ひょっとしたら性欲の低下と関係しているのかもしれない、と、ときどき思う。

昔から、ネットで文章を書いたり、人を集めるイベントを企画したりしていたのは、必ずしもそれだけではないのだけど、そのことによって異性と知り合って、仲良くなりたい、ちやほやされたい、という下心がある程度のモチベーションになっていた。

という話をすると、男性は大体同意してくれるのだけど、女性には「それは別の話」「仕事がバリバリできる女はモテない」と言われることが多い。そうなのか。男性は仕事の評価がモテにつながりうるけれど、女性は特につながらない、ということか。確かに一般的にはそうなのだろう。

自分が異性を好きになるときは、相手の作る作品とか、成し遂げた仕事が素晴らしいから、という憧れの気持ちで好きになることがよくあった。自分に向けられている笑顔よりも、何かに集中しているときの横顔を、一番美しいと思っていた。でも、今思うとそれは不純な好意だったのかもしれない。

自分にはない能力を持っている人を好きになるのは、親しくなることでその人の良さを自分に取り入れようとしているのだ。それは純粋にその人自身に好意を持っているのではないのではないだろうか。何か身につけたいものがあるならば努力をして身につけるべきで、そこで恋愛感情を持ってくるのは筋違いというか、ごまかしだろう。

でも、そんなことを言い出すと、純粋な好意って何なんだろう、という話になってくる。そんなものは存在するのだろうか。恋愛感情と、妄想や羨望や無力感やトラウマはいつも入り交じっていて、みんな何かよくわからない不純な動機をいろいろ持ちながら、人を好きになったり関係を持ったりしているのではないか、と思う。

橋本治が『失楽園の向こう側』（小学館文庫）という本で書いていた「性欲は羅針盤だ」

という話が好きだ。

人は何か人生に行き詰まりを感じているとき、その状況から自分を救い出してくれそうな存在に恋をする、というのだ。現状を変えるというのは大体の場合すごく面倒なので、理屈だけではなかなか状況を打破できない。そんなとき、性欲という理屈では割り切れないエネルギーが、変化したい方向へと自分を後押ししてくれる。

そして十代の頃に性欲が盛んなのは、それが生物としての仕組みでもあるけれどそれだけではなく、十代の頃は人生の行く道が全く定まっていないからだ。何もわからないままに未来を模索するしかない時期だから、性欲にもっとも振り回されてしまう、というのだ。

それならば特に未来を模索していない、自分の先行きはだいたいこんな感じだ、とわかってしまった四十代で、性欲が衰えてくるのは当然か、と納得している。

恋が多い人は、恋愛以外でも面白そうなことをたくさんしているような気がする。恋というのは、単に性的対象に対する欲望なのではなく、すべての未知なものに対するときめきやワクワク感の基本となる感情なのかもしれない。

そう考えると、恋や性に振り回されるのはもう疲れたという気持ちもあるけれど、人生を楽しむためには、自分の中にあるときめきの種火みたいなものを大切にしていったほうがいいのだろうか。

家族という概念に思い入れがない自分にとっては、家族や結婚というのは、単に財産をどう配分するかという法的な取り決めに過ぎない。唯一自分に関係がありそうな部分としては、自分が死んだときにどう死後の処理をするか、というところだろうか。大抵のことは自分でやるか友人に頼むかでなんとかなりそうだけど、死後の処理だけは難しい。

しかし、未婚率が上昇し続けていて、かつ高齢化が進みつつある今、自分が高齢者になる二十年後や三十年後には、家族のいない独居老人がさらに増えているだろう。だからその頃には、独居老人が生きるためのいろいろな仕組みが増えているんじゃないかと想像している。例えば、高齢者でも借りやすい賃貸住宅とか、孤独死したらすぐに見つけてもらえるサービスとか。

バスの車内とかに「身寄りのない方でも安心！　終活はうちにおまかせ！」みたいな業者の広告が出まくるようになるのかもしれない。その光景を想像すると「老いた国だな……」という気分になるけれど、自分が老いて弱っていくのと並行してこの国も老いて弱っていくのだと思うとそんなに悪い気分ではない。

このあいだニュースで見たのだけど、人が死んだときに火葬費用を出す人がいなくて遺骨の引き取り手もいない場合は、自治体が公費で火葬して共同の納骨堂に納骨するらしい。そうといった「無縁遺骨」の数は年々増えているそうだ。

その中には、無縁ではなく身寄りの人は判明しているけれど、遺族が遺骨の引き取りを拒否している、というケースも多いらしい。仲が悪くて絶縁していたり、もしくは遺族にも火葬や埋葬の費用がない、という事情なのだろう。

そのニュースを僕は、家族に頼らなくてもちゃんと死ねるんだ、という希望として見た。今まで家族で処理していたものを家族で受け止めきれなくなって、公的なサービスによって担われていく、という流れは止められないし、それはいい流れなのだと思う。

II

デフレ文化から抜けられない

たまにファミレスに来ると、高くなったな、と思う。ちょっとちゃんとしたものを食べようとするとすぐに1000円を超えてしまう。1500円、2000円くらいするメニューも珍しくない。そんなのちょっといい料理屋さんみたいな値段じゃないか。ファミレスってもっと、600円とか700円くらいでいろいろ食べられる手軽なところじゃなかったっけ。

営業時間も短くなった。昔は24時間営業が普通だったけれど、深夜も営業している店舗はほとんどなくなって、22時や24時に閉まるようになってしまった。

ファミレスといえば、夜中に友達と集まって、ドリンクバーを何杯もおかわりしながらだらだら喋る(しゃべ)もの、というイメージが自分の世代にはあるのだけど、そんな光景はもう遠い昔になってしまった。

ファミレスだけではなく、二〇二二年頃からすべてのものが値上がりし始めている。日本では二〇二〇年から始まった、新型コロナウイルス感染症によるパンデミックの影響と、二〇二二年から続くロシアによるウクライナ侵攻の影響で、全世界的にインフレが起こっているらしい。外食も、スーパーで買う食品や日用品も、電気代などの光熱費も、すべてが高くなってきている。

値上がり自体よりも、みんなが素直に値上がりを受け入れていることに衝撃を受けたかもしれない。昔だったら、客離れが怖いから値上げなんてなかなかできないものだったのに。昔はいろんな店が値下げ合戦をするのが普通で、牛丼の並が280円だったこともあったし、マクドナルドのハンバーガーなんて一時期（二〇〇二年）は一個59円で、みんな面白がって無駄にたくさん買っていた、みたいなことをつい思い出してしまうけれど、昔はラーメン一杯が100円だった、とか語る自分の親世代と同じことをしている。

僕が以前に出した『どこでもいいからどこかへ行きたい』（幻冬舎）という本は、街の中のいろいろな好きな場所について書いたゆるいエッセイ集なのだけど、中でもチェーン店の話をたくさん書いた。

ファミレス、コンビニ、ファストフード。牛丼屋、漫画喫茶、スーパー銭湯。

そういった、どこにでもあって手軽に安く使えて、マニュアルとシステムで運営されているチェーン店、そんな店がたくさんあれば、大してお金がなくても楽しく生きていけるんじゃないか、と昔は考えていた。

でも、何もかもが値上がりしていく今の時代では、そんな意識は時代遅れなものになりつつあるのかもしれない。

日本は九〇年代半ばからずっと、物の値段が上がらないデフレが続いていた。

僕は一九七八年生まれなので、気がついたときにはすでにデフレで、それ以外の状態をほとんど知らない。いわば「デフレの子」だ。

また、僕らの世代は就職活動をする時期に景気が悪かったため、就職氷河期世代、ロスジェネ世代などと呼ばれている。

景気が悪くて収入も不安定。それでもなんとかやっていける気がしたのは、デフレで物が安かったからだ。低賃金と低価格がギリギリのところでバランスを取っていたのだ。

デフレが続いていたゼロ年代にはたくさんの安価なチェーン店が日本中に広がった。

ファミレスやファストフード、ブックオフやユニクロなど、昭和の商店街にあるような地元密着で非効率的な店とは違う、綺麗で安くてシステマチックな平成の新しい店たち。

昔からある店が潰れてどこにでもあるチェーン店ばかりになることで日本固有の大切な文化が失われていく、という批判も当時は多かったけれど、僕らの世代はおおむねチェーン店が広がることを歓迎していたように思う。

昭和的な古臭い店ではない、新しくて綺麗なチェーン店は、自分たちのためにあるような感じがした。日本の文化が失われつつあるのではなく、むしろこれが新しい日本の文化なのだ。そんな気持ちで、ファミレスやハンバーガーショップにたむろしていた。

しかし、その長かったデフレ時代が終わりつつある。

そもそも経済というのは、極端なインフレはよくないけど、デフレであるのもよくなくて、ちょっとインフレくらいがちょうどいいらしい。目安として、年に2%のインフレ率が目標とされていて、これをインフレターゲットと呼ぶ。

物価は少しずつ上がっていくけど、賃金も少しずつ上がっていく。そうして少しずつすべての値段が上がっていきながら、経済が成長していくのが健全な状態で、この三十年ほどずっとデフレが続いていた日本経済のほうがおかしかったのだ。

そのことは理屈としてはわかる。だけど、ずっとデフレ環境で育ってきた自分には、すべてが値上がりしていく世の中にやはり慣れない。

若い頃は、お金があまりなくてもインターネットで遊びながら、安いチェーン店とかに行ってふらふらしていれば楽しい、みたいなことを言っていたけれど、そんな言葉は昔より世の中に響かなくなってきているのを感じる。

自分はあまりにもデフレに適応しすぎてしまったのかもしれない。今まで自分の意見が注目されて本を書いたりしてこられたのは、低成長のデフレ時代にちょうど合っていたからだったのだろう。だけど、そんな考え方はもうインフレ時代には通用しないのだ。

今の若者は自分の世代に比べて、みんなしっかりしているな、と感じる。どうやってお金を稼いで生きていくか、ということを若い頃からきちんと考えている人が多い。自分たちが若かった頃は、デフレや不景気と言われていたけれど、まだ呑気でいられる余裕があったのだろう。今はもっと余裕がなくなって現実的な世の中になってきている。そんな今の状況では、僕みたいなふらふらとした生き方に憧れる人は減っているんじゃないだろうか。

年をとると、だんだんと生き方が時代に合わなくなってくる、というのは、上の世代を見て知っていたつもりだった。

だけど、いざそれが自分にやってくると、やはり戸惑う。ああ、これがそうか、意外と早く来たな。

まだもうちょっと余裕があると思っていたのにな。四十代も半ばになって、今さら生き方を大きく変えることもできなそうだし、これからどうやって生きていこうか。

最近、近所の古びた小さな中華料理屋によく来ている。本格的な中華料理屋ではなく、いわゆる「町中華」と呼ばれるような、中華料理屋なのにカレーライスやオムライスがメニューにある、そんな店だ。

のれんをくぐって店に入ると、カウンターだけの小さな店内を老夫婦が二人で切り盛りしている。セルフサービスでコップに水を注ぎ、席につく。注文をすると、寡黙な大将がサッと中華鍋をふるって、素速く料理を作ってくれる。

この店の特徴は、価格が安いことだ。ラーメンが500円、チャーハンが600円、中華丼が600円。その値段で、たっぷりの量が出てくるうえに、無料でミニラーメンまで付いてくる。

物価が値上がりしている世の中でこの価格でやっていけるのは、おそらく店の物件が持ち家で、家賃を払わなくていいからなのだろう。あと、おそらく年金収入もあるから、そんなに稼がなくてもいいのだと思う。引退するとボケそうだから体が動くうちは仕事をやっていたい、という感じなのかもしれない。

採算度外視のそんな店が営業していると、普通に家賃を払って開業しようとする若い人が太刀打ちできないから、あまりよくないのかもしれないけれど、僕みたいなお金のない人間にはこういう店はありがたい。そんなことを考えながら、いつもチャーハンなどをもそもそと食べている。

昭和的な店よりも平成的なチェーン店のほうが好きだ、と思っていた自分が、令和の今になって、こんな昭和の遺産のような店に通うようになるとは思わなかった。

本当かどうかは知らないけれど、最近ネットでときどき見かけるのが、「日本で安く外食ができる時代はもうすぐ終わるだろう」という意見だ。

ヨーロッパでは外食をすると安くても2000円とか3000円とかするので、庶民は自炊ばかりでほとんど外食をしないらしい。外食というのは富裕層の文化だ。それが普通の国で、日本もそうなっていくだろう、と言うのだ。

今まで日本の外食産業は、安い労働力をブラックな労働環境で使うことで低価格を維持してきたけれど、それは不健全な状態だった。本来外食はもっと高い値段であるはずなのだ。

海外のことはよく知らないけれど、そう言われるとそうなのかもしれない。外食産業のブラックさはときどき耳にするし、それが解消されるのならいいことなのだろう。

だけどそのことによって、そんなにお金がなくてもいろいろなものが気軽に食べられる庶民的な外食文化が失われてしまうとしたら、寂しいものがある。

ファミレスでドリンクバーを飲みながらだらだら喋ったり、自炊がだるいときは定食屋でごはんを食べたり、ときどき寿司や焼き肉を食べたり、そういったことはもうあまりできなくなってしまうのだろうか。

今はまだ、探せば安い店はある。この中華屋みたいな店もあるし、チェーン店も値上がりしつつあるとはいえ、払えないほどではない。

だけど、年金でやっていっている町中華などは、十年後や二十年後には消滅しているだろう。チェーン店もどんどん値上がりしていくだろうし、そのうち安く食事をできる店は街から消えてしまうのかもしれない。

そうなったら、世の中はどう変化するのだろう。外食という選択肢がなくなって、みんながひたすら自炊をする時代が訪れるのだろうか。年をとってから新しいことを覚えるのは大変だから、今からもっと自炊の腕を磨いておくべきなのだろうか。

いや、それよりも、平成デフレの名残りがぎりぎり残っている今のうちに、チェーン店文化をできるだけ楽しんでおくべきなのかもしれない。

ブックオフで安い文庫本を買って、サイゼリヤのワンコインランチを食べながら読もう。

そのあと漫画喫茶でマンガを読んだり、スーパー銭湯でだらだらしたりしよう。夜中に牛丼屋に行って期間限定の新メニューを頼んだあと、コンビニに寄って、ちょっと気の利いたコンビニスイーツを買って帰って家で食べよう。

デフレ文化の思い出を今のうちにできるだけ溜め込んでおいて、将来ノスタルジーとして語る準備をしておこう。

「わしらの若い頃は、ファミレスで３００円のドリンクバーだけ注文して五時間くらい粘るのが普通だった」

とか言って、令和生まれの若者から、

「ただの迷惑客じゃん、ほんとに昭和生まれってモラルがないよな」

と蔑まれたりしよう。

どんどん自動化されていく

店で人と話すのが面倒だから、全部セルフレジやセルフサービスになってほしい、と昔から思っていた。人と接すると会話エネルギーを消費する。誰とも接触せずに、一言も発さずに外食をしたい。

最近は実際にそういうシステムの店が増えてきた。券売機で食券を買うと、自動的に注文がキッチンに送られて、呼出番号がモニターに表示されたら自分で料理を取りに行く。席に備え付けのタブレットや自分のスマホで注文できる店もよく見るようになった。

自分がずっと望んでいた理想的なシステムが実現した。そのことをもっと喜んでもいいはずなのだけど、いざ現実になってみると、あまりにも自動化されすぎているのも嫌かもしれない、という気持ちが少し出てきた。

例えば大規模チェーンの回転寿司に行くとそう感じてしまう。最近、回転寿司に置いてある醬油にいたずらをした動画が炎上していたけれど、ああいう事件が起こりやすい理由はわかる。完全に自動化されていて人間の目がないから、悪いことをしやすいのだ。

店に着くとまず「いらっしゃいませ」という自動音声に出迎えられて、タッチパネルで人数を入力する。レシートが発行されて、席を指定される。カウンターに着席して、紙おしぼりを勝手に取って手を拭いて、湯呑みに粉末状のお茶を入れてお湯を注ぐ。タブレットで寿司を注文してしばらく待つと、寿司がレーンを流れてきて、自分の前で停止する。「ピコーン、ご注文の商品が届きました。気をつけてお取りください」と自動音声が流れる。

それをぱくぱくと食べて、食べ終わったら精算をする。精算もセルフレジだ。機械にお金を投入するとお釣りとレシートが出てくる。自動音声の「ありがとうございました」が鳴り響く中、店を後にする。店に入ってから食事を終えて出るまで、一言も発する必要がない。

この全く人を介さない一連の流れは、自分が理想としていたもののはずなのだけど、実際に実現してみると殺伐としたものを感じてしまう。寿司と同じようにレーンを流れていて、寿司を胃袋に入れてお金を払うだけの機械として扱われている感じがするのだ。

実際に店からすると、客というのはお金を払う機械で、それをどうやって効率よくさばくかというのが商売なのだろう。大規模チェーンだとさらに、一人ひとりの客を人間扱いしている余裕はなさそうだ。

だけど、そのことがあまりにもむき出しになっているとしんどい。もうちょっと、人間らしく扱うふりをしてほしい。人間扱いを求めるならもっと高級な店に行けばいいのかもしれないけど、お金がないと人間扱いされないのは嫌な社会だと思う。

そんなことを感じるのは年をとって中年になったせいなのだろうか。若いうちは元気があるから人とのふれあいなんてどうでもいいけれど、年をとって生命力が弱ってくるにつれて、寂しくなってコミュニケーションを求めるようになるのだろうか。

加齢によって心情が変化したという以外に、育ってきた時代の習慣が抜けないという理由もあるかもしれない。

ときどき、コンビニやファミレスなどのチェーン店で、店員と長々と世間話をしようとするお年寄りを見かける。昔は店の人と雑談をするのが普通だったから、そのときの感覚で話そうとしているのだろう。でも、今のチェーン店はそんな雰囲気じゃない。時代の変化に慣れていないのだろうな、と思ってしまう。

自分もそんな感じの年寄りになるのだろうか。十年後や二十年後、若い人が完全に自動化された接客に特に違和感を持たない中で、僕ら世代の年寄りだけが「人の温もりがない」とか「ディストピア」とか時代遅れな愚痴を言って、若い人たちに疎ましがられるのだろうか。

それは嫌だ。時代についていきたい。でも、世代によってついていける限界というのも、あるのかもしれない。

最近、近所のファミレスに行くと、猫型のロボットが料理を運んでくる。これはあまり嫌じゃない。

回転寿司が嫌で猫型ロボットがいいのはなぜだろう。猫の顔がついていて、「ありがとうニャン」とか、かわいい声で話すからだろうか。

冷たい感じの自動音声で「道をあけてください」と言われると、ちょっとイラッとして「機械のくせに態度が大きくないか、人間の野蛮さを見せてやろうか」とか思ってしまうけど、かわいい声で「道をあけてほしいニャン」って言われると、「おお、ごめんごめん、今すぐあけるね」って思ってしまう。

なんだ、語尾に「ニャン」がつくだけでいいのか。それで満足するなんて、チョロすぎないか、自分。

でも、結局そういうことなのかもしれない。人間らしく扱われているような雰囲気、それがあればいいのだ。

今は多分まだ、過渡期なのだ。今の自動音声にはまだわざとらしさや寒々しさが残っているけれど、これからはそうした印象面の改良が進んでいくだろう。機械によるコミュニケーションの満足度はどんどん上がっていって、接客的な仕事はどんどん人間から機械へと置き換わっていくのだろう。

最近話題のChatGPTなどを見ても、ＡＩによるコミュニケーションの進化は目覚ましい。下手な人間よりＡＩと話したい、という段階がもう訪れつつある。そして、そのＡＩに、「ニャン」とか「ぴょん」とか、相手のことを気遣う定型句など、印象を柔らかくする文化的なガワをかぶせれば、すぐに人間を超えてしまいそうだ。

それでも、どんなに丁寧な対応をしてくれても、これは結局ＡＩなんだよな、と思うと、ちょっと冷めてしまうだろうか。

ゲームでネット対戦をしていると、ときどきボットが交じっていることがある。ボットが相手だと白けるところがちょっとある。負けると悔しがるような、人間に勝ちたいのだ。ボットだと勝っても負けてもあまり感動がない。でもボットだと思って戦っていたら実は人間だった、ということもあるし、その逆もある。

そもそも、会話をしているのはＡＩか人間か、どちらかわからないくらいになったら面白いと思う。ＡＩなのか人間なのかわからないグレーゾーンがたくさんある、みたいな世の中がカオスでいいんじゃないか。

人間だって本当は大したことを考えていなくて、反射や癖や定型句で受け答えをしていることがほとんどだし、実はあまりＡＩと変わらないのだ、きっと。

人間と話すとき、相手の中には心がある、と信じて会話をしているけれど、本当にあるのかはわからない。あるかどうかわからなくても、相手の中に心がある、という雰囲気があればそれで満足する（心とはそもそもなんなのだろう）。

それだったら、ＡＩに人間ぽい感情パラメータや若干のランダム性や相手に気遣いをする定型句を組み込んで、心っぽいものを持っているような雰囲気を出させれば、コミュニケーション相手として十分な役割を果たしそうだ。

リアルで会うと肉体を持っているかどうかで人間だと認識できるけど、ネットや電話ではどちらかがわかりにくくなる時代がすぐにやってきそうだ。

そしてそのうち、リアルでも人間そっくりの精巧なボディを持ったＡＩが出てきて、人間とロボットの境目がわからなくなって、ロボットに自我や人権はあるのか、という問題で悩むようになるのだ。そんなテーマのＳＦは昔からたくさんあったけれど、その世界に近づいているというのはちょっとワクワクする。

とりあえずそっけない感じの自動音声を全部廃止して、全部演技力のある声優などの声に置き換えて、顔とかをつけて、それぞれの機械がキャラを持っているようなインターフェイスにするだけでも、だいぶ世界の手触りが変わると思う。

自販機もATMもスマホも車も、すべてが自我を持っているような雰囲気がする世界。それは、動物や植物や岩や山にも人格が宿ると信じていた、古代のアニミズムの世界にも近いのかもしれない。

ウェブ2・0と青春

一時期はあんなに嫌いだった、ツイッター（現X）の「おすすめ」タイムラインに、だんだん慣れてきてしまった。

ツイッターにはもともと、フォローしている人のつぶやきが時系列順に並ぶという、一種類のタイムラインしかなかった。ところがあるときから、ユーザーの好みに合わせてツイッター社がおすすめするつぶやきが並ぶタイムラインが登場した。これが「おすすめ」タイムラインだ（英語では「For You」）。

最初は、「おすすめ」なんて全く要らない機能だと思っていた。フォローしていない人の興味のないつぶやきが流れてくるのがストレスだったからだ。時系列順に並んでないと理解できないつぶやきが意味不明になってしまうのも嫌だった。

自分の見たいものは自分で決める。おすすめアルゴリズムなんかに決められたくない。経営に困っているなら、多少課金してもいいから、何も加工していない素のタイムラインを見せてくれ、と強く思っていた。

しかし、あまりにもゴリ押しされたせいもあるけれど、最近、「おすすめ」でもいいか、と思っている自分に気がついた。

なんとなく拒絶感を持っていたけれど、確かに何も加工していない素のタイムラインを見るより「おすすめ」のほうが刺激的で面白い投稿が多い。

他のサービスを見回せば、ツイッター以外のウェブサービスは、ユーチューブもインスタグラムも、全部おすすめ的なタイムラインを採用している。それはそういうものだ、と思って気にせず見ていた。

それなら、ツイッターがそうなっても特に問題はないのだろう。

ただ、「おすすめ」タイムラインが採用されることで、ツイッターも普通のSNSになってしまったな、と感じた部分はあった。

では、普通のSNSになるまでは、なんだったのか。

多分、誰かが管理するSNSではない、生のインターネットの混沌、みたいなものを自分はツイッターに求めていたのだ。

しかし、その無編集の混沌に、いい加減疲れきっていたのかもしれない。

「おすすめ」タイムラインが快適になってきたのは、アルゴリズムが進化して、よりクオリティが上がったせいもあるのだろう。

しかしそれだけではなく、ウェブの空気感の変化というか時代の変化というか、自分の中でひとつの時代が終わったのだ、という感慨がある。

一体何が終わったのだろうか。それは、二十年近く前に「ウェブ2・0」という概念がもてはやされた頃に自分に刻み込まれた、「ウェブを利用してよりよい自分やよりよい世界を目指していくべきだ」という思想だ。

今はもう、よりよい自分なんて目指さなくていい。AIのおすすめに従って、AIの与えてくれるものを享受していればいい。

そのほうが、自分で決めるより幸福度が高い気がする。

ウェブ2・0というのは二〇〇〇年代半ば頃に流行した概念で、当時新しく出てきていたブログやSNS、ウィキなどによる、新しいウェブの流れを指していた。

大まかな雰囲気としては、

「今までのウェブは技術や資産のある一部の人だけが使えるものだったけれど、今は誰でもブログやSNSを使えるようになった。これからは誰もが平等に発信者になれる時代だ。みんなの投稿でウェブ上に人類の叡智が集まっていって、その集合知を誰でも無料で使えるようになる。そのことによって世界はよりよく変わっていくだろう」

といった感じだった。

とにかく、ここから新しいものが始まっていく、これからどんどん人類の社会は進化していく、という希望に満ちた雰囲気があったのだ。

僕自身も、その雰囲気に大きく影響を受けた一人だった。会社を辞めて上京したのも、インターネットでいろんな人とつながって、インターネットにすべてを発信していればなんとかなる、と思っていたからだった。

ネットには世界のすべてがあると思っていた。できるだけ多くのRSSフィードをライブドアリーダーに登録することで、誰よりも世界を把握できると思っていた。

インターネットには、リアルでは吐き出せない本音がたくさん漂っている。上っ面だけの会話をするよりも、ネットを見たほうが人間の本当の姿を見ることができるはずだ。

ネット以前の人間は、会社や家庭などの限られた数の人間としか交流を持てなかった。でも今のわれわれは違う。ネットを使うことで、数千、数万の人間とつながることができる。

少ない人間としか接していないと考え方も偏狭なものになってしまう。それに比べて、ネットで厖大な数の人間の情報にアクセスできるようになった自分たちは、バランスのよい、視野の広い考え方を身につけられるはずだ。

そう思って、毎日毎日高速で何百何千ものフィードを読み続けていた。ひたすら大量の情報を読むことで、もっとすごい自分になれると思っていた。ネットにつながり続けることで、どんどん自分が拡張していって、どこまでも行けるような気がしていた。

ちなみに、ウェブ2・0が話題になった時点では、まだスマホもツイッターも登場していない。当時のウェブのトレンドは、誰でもブログを書けるようになり、ウィキペディアに知識が集積され、グーグルがすべてを検索可能にする、といったところだった。

その後、ゼロ年代の後半にツイッターとスマホが普及し、情報の発信はますます誰でもできる手軽なものになっていく。

一部の新しいもの好きだけが使うインターネットから、誰もが使うインターネットへ。ユーザーが増えるにつれて、広告を通してネット上で経済も回るようになり、たくさんの企業が参入していった。

それから十数年が経った。

当時よりさらにテクノロジーは進んで、ネットは便利になった。しかし、今のネットはいつも争いや炎上があふれていて、とても疲れる場所になってしまった。

今から振り返ると、昔みんながウェブの未来に抱いていた夢は、楽観的すぎたのだろう、と思う。あの頃はなぜ、ウェブが進化するとみんなが幸せになれると、あんなに無邪気に信じられていたのか。

結局、ウェブ2・0が描いていた理想というのは、性善説に基づいていたということなのだろう。

一部の新しいもの好きの人たちだけがネットのメインユーザーだった頃は、それでもうまく回っていた。みんながネットがよくなるために無償で貢献し、その成果をみんなが無料で受け取ることができた。

現実の資産を全人類に平等に分類するのは難しいけれど、ネット上に置かれた知的な資産は、すべての人類が無料でアクセスできる。そこには現実世界では実現できなかった、平等で理想的な世界が広がっているように思えた。

だけど、ネットが一般化して、ユーザーが大衆化した結果、現実世界と同じように、善意だけでは秩序を守れなくなった。

現実では出会うことのない人たちが出会ったり、現実では見ることのない本音にアクセスできるようになった結果、人々は無限にぶつかり合うことになった。ヘイトを煽るようなコンテンツでアクセスやお金を稼ぐ人間も増えた。

ツイッターは、人間の怒りや嫉妬と相性が良すぎた。ツイッターは、人間の集合知を集める場所ではなく、人間の負の感情を増幅させる装置になってしまった。

人間の感情や認識はネットがない世界で発達したものなので、ネットには向いていないのかもしれない。人類にはネットは早すぎたのだ。

制限のないまま人間たちを閉じた空間に放り込むと、トラブルばかりが起こって誰も幸せにならない。だから、システムの側で、トラブルが起きないように管理してもらったほうがいいのだろう。ＡＩによるおすすめを見ているほうが平和で楽しく過ごせるのなら、それでいいのかもしれない。

今はツイッターを見てもユーチューブを見ても、自分の好みのコンテンツが無限におすすめで流れてくる。その情報の洪水から感じ取れるメッセージは「特に向上なんてしなくていい。この無限のぬるま湯の中に浸っていればいい」というものだ。

かつてのインターネットは自分をより自由にしてくれて、よい方向へと変化させてくれるものだった。それに対して今のインターネットは、自分をひたすら自分のままで甘やかしてくれるものになった。

今はもうそんなに成長したいとも思わない。ＡＩがいい感じに調整してくれたコンテンツを見ていればいい。どうせ、ＡＩのほうがこちらよりも有能なんだし、自分で考える必要はない。もう、がんばらなくていい。

そんな自分を、ネットに無限の可能性を感じていた二〇〇七年の自分が見たら、堕落した、と蔑むだろう。

ただ、向上心がなくなってしまったのは、ネットの情勢の変化とは別に、自分が単に年をとって、二十代から四十代に変化してしまったせいなのかもしれない。今の若い世代は、今のネットの状況でも、「ネットでどんどん面白いことをしていくぞ、俺たちはこれからだ」と思っているだろう。

自分の加齢による変化とネットの情勢の変化がちょうどシンクロしていて、どちらがどれだけ要因になっているのかわからない。

今わかるのは、自分がかつて信じていたやり方は時代遅れになった、ということだけだ。

どうすればいいんだろう。わからない。全部ＡＩに決めてもらえばいいか。

すべてを共有したかった

十年くらい一緒にシェアハウスで暮らしていたけれど、最近はあまり会っていなかった友人に、数年ぶりに会った。「とりあえず喫煙所行こうぜ」と言われたので、駅前で喫煙所を探した。

普段はあまり煙草(タバコ)を吸わないのだけど、吸う相手と一緒に喫煙しながら話すのは好きだ。煙草を吸っているとそんなに話さなくても間が持つ気がする。喫煙所という「普段いる場所とは別の、一部の人だけが集まる避難場所のような空間」も好きだ。喫煙所にいると、そこにいる人みんなにうっすらと仲間意識が芽生えてくる。世間では嫌がられている喫煙という時代遅れの悪弊を、未だに捨てられない、合理的ではない我々。

外界から区切られたパーティションの中で、煙をふかす。昔はよく二人で夜中にシェアハウスのそばの川べりに行って、煙草を吸っていた。あの頃に比べると喫煙できる場所もずいぶん減ってしまった。

昔は二人とも暇だったので、だらだらと長い時間を一緒に過ごしていたけれど、シェアハウスのようなたまり場がなくなると、わざわざ連絡をして会うのも変な感じがして、あまり会わなくなっていた。

だけど、顔を合わせるとすぐに昔の空気が戻ってきた。お互いの近況や、共通の知人のその後などについて話した。当時の知人たちは、ネットから姿を消してしまって、連絡が取れなくなった人も多い。

シェアハウスにいた頃は、僕も彼もまともに働いていなくて、お金はないけど時間だけはあり余っていたので、ネットに無償でいろんなものを発表したり、ネットの人を家に呼びまくったりと、ひたすらインターネットで遊んでいた。あの頃はネットがあれば何でもできると思っていた。

「そういえば、昔はさ」と彼が言った。

「うん」

「ネットでほしい物リストを公開して物を送ってもらったり、ネットで会った人にメシをおごってもらったりとか、しょっちゅうやってたじゃん」

「やってたね」

昔はお金のない自分のことをよくコンテンツにしていた。そうするとネットのみんなが面白がってくれたから。

「でも、今はああいうの全くやりたくなくなっちゃったよ」

その気持ちはわかる。自分も同じことを感じていた。

「なんなら今は、ほしい物リストを公開してる人を見るだけで、昔を思い出してちょっと嫌な気分になるよ」

僕も彼も当時は無職だったけれど、今は二人とも普通に仕事をしてお金をもらっている。大して稼いでいるわけではないけれど、シェアハウスで毎日わけのわからない生活をしていた頃に比べれば、ずいぶんとまともな生活をしている。

お金がすべてではないけれど、なんだかんだ言っても、お金はあるほうがラク、というのは確かだ。でも十数年前のあの頃は、お金がないことが苦ではなくて、むしろそのほうが面白い、と思っていた。

お金なんてある奴(やつ)が出せばいい。お金のあるなしと面白さは関係ない。自分は金を持ってる奴らよりも面白いことをし続けてみせる。そう考えていた。

その考えの変化は年齢によるものもあると思うけれど、当時のインターネットの雰囲気に影響を受けていたのもあると思う。

パソコンのオタクのことをギークと呼ぶ。ゼロ年代の頃は、ネットユーザーに新しいもの好きのギークが多かったので、ネット空間にはギークカルチャーの影響が強くあった。僕はそんなにギークではなかったけど、ネットで会う人はプログラマなどのウェブ系エンジニアが多かったので、ギークカルチャーは身近な存在だった。

ギークたちは共有が好きだった。みんな自分の書いたプログラムのコードや文章をネットで公開していた。何かの成果物は、一部の人間が独占するのではなく、できるだけ広く無料で共有されるべきだ、という理念がゆるく共有されていた。

ギークのあいだでは「オープンソース」と言って、プログラムのソースコードを無料で共有する、ということがよく行われている。それが世界全体の進歩につながる、という信念があるからだ。

ギークに限らず、昔からカウンターカルチャーは共有を理想とすることが多い。七〇年代くらいのヒッピーカルチャーなんかもそうで、私有ではなく共有を理想とする、コミューンという村があちこちに作られたりした。

ただ、お金や食べものや住居などの、物理的なものは無制限に共有するのが難しい。しかし、コンピュータ上のデータなら、無料でいくらでも共有できる。そこに新しい可能性があるように思えた。

そんなインターネットの共有の雰囲気に乗っかって、僕はネットの知らない人からしょっちゅう物やお金をもらっていた。

感謝の気持ちはあったけれど、へりくだる気持ちはあまりなかった。人にお金をあげるのは面白いことだから、知らない人にお金をあげるという娯楽をみんなに提供しているのだ、と考えていた。

僕自身がお金をもらうのと同時に、自分よりお金がない人には気軽にお金をあげたり貸したりするようにしていた。

大切なのは、お金を稼ぐことではなく、お金を気軽にあげたりもらったりするという空気を作り出すことだ。そのサイクルの中にいれば、まあ大体のことはなんとかなるはずだ。

自分は多分、もともとあまり所有欲や独占欲が強くない性格なのだと思う。だから、いろんな物を誰かと共有するというやり方がしっくりきた。

新しいゲーム機を買ったとき、自分ひとりで遊んでいても面白くない。他の人も自由に使っていい。その代わり、他の人のものも自由に使わせてほしい。みんなが自分のものを共有するようにすれば、お金がなくても豊かに暮らせるはずだ。ネットの人が集まるシェアハウスを始めたのはそんな考えがあったからだ。

あの頃は、自分の物やお金について、それが自分のものである、という意識が薄かった。すべてをゆるく誰かと共有している感じがあった。物についても、自分の持ち物はシェアハウスの中でほとんど共有していたので、あまり自分のものという意識はなかった。お金もそうだ。世の中にぐるぐる回っているお金を適当にもらったりあげたりしていれば、なんとかなるような気がしていた。

誰か僕に2000億円くらいくれないかな。僕だったら、自分自身の利益のためにお金を使わず、多くの人が楽しく過ごせるように使う自信があるのに。お金がなくてもみんなが面白く暮らせるビルを建てるとか。そんなことをよく考えていた。

当時、自分の考えたことや体験したことを、垂れ流しのようにできるだけ全部ツイッターやブログに書くようにしていたのも、同じ思想に基づいていた。

自分の知識や体験、そして自分という人格を、自分だけのものにするのではなく、ネットで薄く広く共有したかった。

僕は他の人がしないようなことをして、それをネットで全世界に向けて公開するから、みんなそれを楽しんでくれたらいい。面白かったら、たまに物やお金を送ってほしい。そのお金で僕はもっと面白いことをする。けっして自分自身だけのためには使わず、みんなが楽しめるようなお金の使い方をして、それをまたネットでみんなに共有するから。

当時は自分自身のことを、個人というよりも、インターネットに薄く広がるひとつの装置のように感じていた。


シェアハウスをやめて、一人暮らしを始めてからもう五年になる。

五年も経つと、ずいぶん物が増えてしまった。勢いで買ったけどほとんど着なかった似合わない服や、一回しか使わなかった焚き火台や、安いから買ったけど操作性が悪すぎたゲームのコントローラーや、その他さまざまな、どうでもいいガラクタたち。

昔は使わなくなった物はシェアハウスの同居人やネットの人にあげたりしていたけど、今はそういう関係性の人もいない。

押入れいっぱいに、自分だけしか使わない、自分さえも使わない、どうでもいいつまらない物が詰まっている。全部捨ててしまいたい。

この物たちも、冷蔵庫も押入れも風呂場もリビングも、この家の中にあるものはすべて自分以外の人間が使うことはない。

昔はそれをもったいないことだと思っていた。どんな物でも自分ひとりだけで使うことに罪悪感があった。今でも若干そういう気持ちがある。しかし昔みたいにいろんな人と共有をするのもなんだか疲れてしまった。

昔は、自分という存在が薄く広く、シェアハウスやインターネットという空間に開かれていた。自分と他人との境界線が薄くて、自分のものはみんなのもので、そしてみんなのものは自分のものだ、それが理想的な状態なのだ、と感じていた。

昔は曖昧だった、ここまでが自分でここからは他人だ、という境界線が、今ははっきりとしてしまった。

そのせいか、人に物をあげるのも、人にお金を貸すのも、昔より抵抗が強くなった（それでも他の人よりは気軽にやるほうだと思うけれど）。

人に物をあげるとき、「これはひょっとして自分が損をしているのではないか」という考えが少し頭をよぎるようになった。昔は、「別に返ってこなくてもいい」「むしろそのほうがネタになるし面白い」と思って気軽にお金を貸していたけど、今は「貸したお金が返ってこないと嫌だな」という普通のことを考えるようになった。なんてつまらないんだろう。

自分が働いて、自分のお金を得て、それを自分のために使う。完全に一人で完結している。

そんなことをやっても何も面白いことが生まれなそうだ。でも、普通の生活というのはそういうものなのだ。

たまにインターネットで、無謀で不安定な生き方をしている若者を見かけると、応援したくなってしまう。

そのままがんばってほしい。ふらふらとした生活を貫いてほしい。お金や物が必要なら、ネット経由で送ってあげたい、と思う。

そこで気づく。そうか、昔の自分にお金を投げてくれていたのは、普通の家に住んで普通の生活をしていて、そしてそんな毎日に物足りなさを感じながらもそれ以外のやり方もできないでいる、今の自分みたいな人だったんだな。

シェアハウスという水槽

シェアハウスに遊びに来た人は、まず玄関を見て驚くことが多かった。来客が多すぎて、脱ぎ捨てられた靴がいつも土間の部分からあふれそうになっていたからだ。

知人や友人がいつでも自由に入ってきてほしかったので、家のルールとして、玄関の扉の鍵はかけないようにしていた。公園みたいに完全にオープンではないけれど、個人の家のようにクローズドな場所ではない、来ようと思えばいつでも来られる空間が理想だった。

防犯が心配、と言われることもあったけど、僕らのシェアハウスみたいな、いつも不特定多数の人がたくさん出入りしていて誰が家にいるかわからない家に、入ろうとする泥棒は多分いないだろう。そもそも、盗られて困るようなものもそんなにない。

リビングの電気は一日中つけっぱなしで、常に誰かがゲームをしたり動画を見たりして騒いでいた。

住人もいるし、遊びに来ただけの人もいる。住人ではないけどしょっちゅう入り浸っている「半住人」みたいな人も何人かいた。住人と住人以外の境界線がなくなって、誰がここに住んでいるのかわからない、みたいな状態になればいいと思っていた。

僕は自分ではそんなに騒ぐほうではなくて、みんなが盛り上がっている様子を、少し離れたところから眺めているのが好きだった。

今日もみんな楽しそうにしているな。いい感じだ。僕が作った水槽はうまく機能している。この水槽を維持していれば、人と深くつきあうのが苦手な自分でも、ずっと人に囲まれながら生きていけるはずだ。浅く、広く、退屈しない程度に入れ替わりつつ。

いい雰囲気の空間を維持するには手間がかかる。同じメンツばかりで顔を合わせていると飽きたり煮詰まったりするので、よく知らない人が定期的に入ってくるようにしたい。だから、ときどきイベント（カレー会や肉会など）を企画して、いろんな人を呼ぶようにしていた。でも無制限に人を受け入れると、ぎくしゃくしたり治安が悪くなったりするので、流量はある程度制限しないといけない。その加減の調整にいつも気を遣っていた。

僕はテンションが低めの人が好きだけど、そういう人ばかりが集まっても地味で動きがなくて、場の魅力や吸引力が乏しくなる。だから、何か変なことをやって場を盛り上げる人も呼びたい。でもテンションの高い人はたまにならいいけれど、毎日いると疲れる。「深くつきあうと厄介な人だけど、月に一度くらいの突発イベントとしては面白い」みたいなパターンも多いので、なかなか線引きが難しい。

基本的に男性ばかりのシェアハウスだったので、女性が遊びに来ると場が盛り上がって人が集まりやすいというのもあった。女性の中には、男性ばかりのシェアハウス（に限らずたまり場全般）にひとりで遊びに来て居場所にするタイプがときどきいる。本人もそういうのが居心地がいいのだろうし、住人たちも楽しい。しかし異性が混ざると活気が出るのはいいけど、浮かれた雰囲気になるのを嫌って居間に出てこなくなる人もいるので、これも加減が必要だった。

ときどき、酒癖が悪くて人にしつこく絡んだりする人もいた。そういう人には注意をした。あまり来ないように伝えたこともあった。人に注意をするのは苦手だったけど、そこはがんばってやった。それが管理者の仕事で、僕がやらないと誰もやらないし、放置すると場が過疎化してしまうからだ。

水槽の水を換えたり、ガラスを磨いたり、苔（こけ）を落としたりするように、水槽管理者を気取りながら、ずっとシェアハウスという空間のメンテナンスをしていた。すべては自分が孤独にならないためだった。

高校生の頃までは、自分は人の集まりの中心になるような人間だと思っていなかった。小さい頃からずっと、人に話しかけたり人を誘ったりするのが苦手な性格だったので、友達もあまりいなかった。

大学生のときに偶然、人の集まりの中心になることが何度かあって、意外とうまくいって、「自分はこういうのがわりとできる人間かもしれない」ということに気づいたのだ。

僕が場を作るときのスタンスは、「積極的に人を集めるリーダー」という感じではなく、「誰か来てもいいし誰も来なくてもいいし、どっちでもいいよ」みたいなやり方だ。それは、積極的に人を誘うのが苦手な自分の性格を反映している。

最初のきっかけは、大学のときに住んでいた学生寮だった。

寮の居室は四人相部屋で、それとは別に寮生たちが集まって交流するための談話室というのがあって、談話室には大量の漫画やゲームがあった。

人に声をかけるのが苦手な自分でも、たくさんの人と同じ空間で暮らしていると自然とやりとりする機会が生まれて、だんだんと仲のいい人が増えていった。もしあのとき寮に入らなかったら、大人になった今でもずっと友達の少ない人間だったかもしれない、と思う。

あるとき、友達と何人かで、寮の玄関ロビーのそばの、ガラクタ置き場みたいになっていた空間を片付けたことがあった。放置されていた数百本の一升瓶を捨てるとそれなりの広さの空間ができたので、コンクリートの床の上に畳を敷いて、こたつを置いて、人が集まれるようなスペースにしてみた。

僕はそこに居座ることにした。玄関ロビーの横にある空間なので、外に出かけたり外から帰ってくるたくさんの寮生が、空間のそばをせわしなく通り過ぎていく。その人たちに「こんなところで何をやってるんだろう?」とじろじろ見られながら、ひとりで何も気にしないふりをして、こたつに入って本をじっと読んでいた。

本当は寂しいから誰かと話したいのだけど、自分から声をかけるのは怖いから、たくさんの人に見られる場所で、「別に寂しいわけじゃないしただ本を読んでいるだけだ」というふりをして、ひたすら誰かが声をかけてくれるのを待っていたのだ。

そうやって過ごしていると、通りかかった知り合いが「何してんの(笑)」みたいに立ち寄ってくれて、会話が始まることが多かった。

これが成功体験となって、「待ちの姿勢」での人間関係の作り方、というのを僕は覚えた。交通量の多い場所で、なんとなくオープンな雰囲気を作って、ひたすら待ち続ける。自分から獲物を狩りに行く肉食動物のようなやり方ではなく、蜘蛛(くも)が巣を張って、誰かが飛び込んでくるのを気長に待ち続けるような戦略。

大学卒業以降は、ネットで人と仲良くなることが多かったのだけど、そこでも基本的に待っていることが多かった。

例えば、ブログに記事を書いて、「自分が好きで書いているだけだから、別に読まれても読まれなくてもいい」というスタンスを保ちながら、いろんな人が読んでくれるのをひたすら待っていた。本当に自分のためだけに書いているのなら、日記帳にでも書いていたらいい。全世界に公開されているブログを使うということは、やはり多くの人に読んでほしい気持ちがあるに決まっているのだけど。

場所と時間だけを指定して、「誰か来てもいいし、来なくてもいい。誰も来なかったら一人で本を読んでいる」みたいなゆるいオフ会をよく開催したりもしていた。大体そういう感じで待っていると、一人か二人は来てくれるものだった。

ＩＴ系の人たちのあいだでよく開催されている、ある場所に集まって各自もくもくと自分の作業をするというだけの会、「もくもく会」も、もともとは僕が始めたものだった。

自分ひとりで何かをすることと、人が集まって何かをすることの境界線を曖昧にするのが自分は上手だったのだな、と今振り返ると思う。

僕の積極性のなさが、集まりにうまくゆるさを作り出していたのだろう。僕が他人に対してアクティブな性格だったら、そうしたゆるい集まりは生まれていなかったに違いない。

そうした「待ちの姿勢」の集大成が、二十九歳から四十歳までやっていたシェアハウスだった。ここでも、「交通量の多い場所で、人が来ても来なくてもいいという態度を取る」という戦略を続けていた。

そのためにまず大切なのはアクセスのよさだ。「わざわざ行くぞ」という気合いがなくても、ふらっと立ち寄れるということが何よりも重要だったので、いつも交通の便の良い立地を選ぶようにしていた。

そして玄関の扉は開けっ放しが基本だ。入るためにいちいちチャイムを鳴らさないといけないとなると、遊びにくるハードルが上がってしまう。ふらっとやってきた人がなんとなく長時間いやすいように、なんならそのまま適当に泊まっていってもいいように、リビングは広めにしていた。

その戦略はうまくいって、シェアハウスにはいつもいろんな人が集まるようになった。自分から声をかけなくても、自動的に人が集まってきて孤独にならないシステムが完成した。

昔から、特定の少数の人と深く付き合うことへの恐れがあった。家族という閉じた関係性が苦手だったからだと思う。

閉じた関係性はいつも偏って濁ってくる。だから、誰がメンバーで誰がメンバーでないかわからないような感じで、いろんな人が流動的に存在するのがいい。

「去る者は追わず、来る者は拒まず」が一番の理想だった。誰のことも束縛したくないし、誰にも束縛されたくない。

大体いつも、人の輪の中でそんなに喋らずなんとなくニコニコしていたせいか、「いい人」みたいに見られることが多かった気がする。だけど、僕のことを「いい人」だと思う人は見る目がないな、と思っていた。

僕は「いい人」なのではなく、いろんなことがどうでもいいだけなのだ。どうでもいいから別に怒らない。誰にも何にもあまり執着がない。「去る者は追わず、来る者は拒まず」というスタンスを貫けたのは、すべてがどちらでもいいからだった。来てもいいし、来なくてもいい。合わない人は引き止めない。

シェアハウスにはたくさんの人がいたけれど、個々の人間にはそれほど興味がなかった。シェアハウスという場がうまく回るかどうかだけに興味があった。僕が怒るときは、個人的なトラブルではなく、シェアハウスという場が壊れそうになったときだけだったと思う。

「ｐｈａさんはこのシェアハウスの天皇だよね」と言われたことがある。そう、天皇。トップに立ってはいるけれど、力強く命令したり引っ張っていったりするのではなく、なんとなくニコニコしながら立っていて、みんなを見守っているだけの感じ。象徴天皇制だ。僕は天皇をやるのが結構得意だったのだ。

普通は社会の中で生きていくうちに、「人に声をかけるのが苦手」とか「人と深く関わるのが苦手」という性格は、嫌でも修正せざるを得ないものだと思う。

しかし自分は、そんな自分がそのままでやっていけるシステムを作り出すことで、自分の性格をそのまま温存してしまった。それは本当にいいことだったのだろうか。

常に人の絶えないシェアハウス生活だったけど、そんな生活も、長く続けているうちに少しずつ飽きが出てきた。

住人や遊びに来る人も、自分より十歳以上年下の若い世代が増えてきて、「シェアハウスってやっぱり若者向けのものだよな」と感じるようになった。

そろそろ潮時かな。そんな気持ちになったので、ちょうど四十歳のときにシェアハウスを解散して、一人暮らしを始めた。

シェアハウスのときはずっと玄関に鍵をかけていなかったので、一人暮らしを始めて、十一年ぶりに自宅の鍵を持ち歩くことになった。そう、普通の家というのは玄関に鍵をかけるものなのだ。

しかし、そこで僕は戸惑った。鍵ってどういうふうに持ち歩けばいいんだっけ。外に出るときは、スマホと財布の二つを必ず持って出るようにしていた。これにもう一つ、必ず持ち歩くものとしてキーホルダーを加えればいいのか。

しかし、「常に持ち歩いて絶対になくしてはいけないもの」を、二つから三つに増やすのは怖い。二つですら、ときどきどっちか片方を忘れたりするのに、三つに増やしたら把握しきれなくて、簡単になくしてしまいそうだ。

しかたがないので妥協案として、財布の小銭入れについているジッパーの金具に、リングで鍵をくっつけることにした。これでなくすことはないだろう。ちょっと不格好だけど、しかたない。実用第一だ。

一人暮らしになってからは、人に会う機会が本当に減った。

昔は、何もしなくても待っているだけでいろんな人がやってきて、話し相手に困ることがなかったけれど、今は、待っていても誰もやってこないし何も起きない。

一緒に住む以外で人と仲良くなるやり方がすっかりわからなくなってしまった。自分から誰かに、「電話してもいい？」とか、「ごはんを食べよう」とか、「今度飲みに行きましょう」とか、声をかけていくしかないのだろうか。

苦手だけど、最近はがんばって人を誘ったりしている。もっと若いうちに慣れるべきことを、僕は四十代まで先送りにしてきただけなのだろう。

「自分はひとりでも寂しくない」とか「何にもこだわりや執着がない」とか「インターネットでゆるいつながりがあれば生きていける」などと、無敵を気取って言っていた昔の自分が恥ずかしい。本当は全然そんなことなくて、環境と運に恵まれていただけだったのに。


ただ、自分のやっていたシェアハウスも歪んだ装置だったと思うけれど、他人の家族の話を聞いたりすると、みんなそれぞれ何か歪んでいるな、と思うことが多い。人は誰でも歪みを抱えていて、それぞれがその歪みのかたちにぴったりと合った箱を作り出している。この世界には無数に水槽が並んでいるだけなのかもしれない。

それは結局、身体から取り出されてコンピューターにつながれて、今日はお日様が暖かいなあ、と言っている水槽の中の脳とそんなに変わらないんじゃないだろうか。何かを見ているようでも、全部自分の中にあるものを見ているだけにすぎないのだ。自分の中から本当に出ることができたことが今までの人生で何度あるだろうか。

生まれつき持っている、もしくは幼少期に抱えた歪みからは、成長すれば解放されるのだと思っていた。しかしそんなことはなかった。結局、自分がずっと抱えている歪みに対処したり、振り回されたりしているだけで人生は終わってしまうし、むしろそのこと自体が人生なのだ、ということに気づいてきた。気づいてしまった。どうしよう。

ここではないどこかなんてどこにもなかった。今まで見ないふりをしてやり過ごしてきた自分の中の弱くて嫌な部分と向き合うべきなのか。さすがにもう、二十代や三十代ではない、四十代になってしまったのだから。

変な家にばかり住んできた

どんなものでも一番楽しいのは最初に口に入れる瞬間で、二口目からは感動が薄れてくる。本を一番集中して読めるのは、買ってすぐのときと、手放す直前だ。捨てようと思った本をつい読み返してしまった、という経験は誰にでもあるだろう。

最初の瞬間と最後の瞬間が一番何かを楽しめるのなら、その中間の時間は不要じゃないだろうか。常に環境を新しいものに変え続けて、あらゆるできごとの最初の瞬間と最後の瞬間を、できるだけ多く味わったほうがいい。

そんなふうに思っていたから、住む場所を頻繁に変えていた。長くても二年以上は同じ家に住まなかった。

気がつけばまた、家の契約の更新の時期になっていた。二回目の更新だから、もうこの家に住んで四年になる。

この家は普通の賃貸借契約ではなく定期借家契約なので、大家さんが更新しないと言ったら引っ越さないといけない。ここは築九十年の木造建築なので、そのうち壊して新しい家に建て直したいらしい。今回はなんとか更新することができた。

できるだけ長くここに住んでいたい。四年経っても引っ越したくなっていない自分のことを不思議に思う。この家で一人暮らしを始めるまでは、どこに住んでいてもすぐに引っ越したくなってしまっていたのに。いったい何が変わってしまったのだろうか。


思えば、どんな家に住んでいるかということに対してアイデンティティを持ち続けてきた人生だった。それは学生寮という特殊な住環境で青年期の基本的な自我が作られた影響なのだろう。

四年前に一人暮らしを始めるまでは東京のいろんな街で、十一年間シェアハウスを運営しながら住んでいた。

シェアハウスに使う家を借りるのはなかなか難しい。大家さんが不安がってあまり貸したがらないからだ。ましてや僕は、定職についておらず収入もあまりなかったので、普通のルートでは家を借りるのが難しかった。だから家を借りるときはいつもネットで募集したり、知り合いの伝手で借りていた。

仕事を辞めて関西から上京してきて最初に住んだのは、ネットの知人に貸してもらった、町田市南町田の3LDKのマンションだった。

「町田は東京都ではなく神奈川県だ」とよくネットでは揶揄されているけれど、実際に地図を見ると、鋭く尖った牙のような形をした町田市が神奈川県に食い込んでいて、これはたしかに神奈川県に属しているほうが収まりがいいな、と感じる。南町田はその神奈川に食い込んだ鋭い牙の先端部分に位置していて、ほとんど神奈川県だけど、かろうじて住所だけが東京都である、という街だった。

渋谷から東急田園都市線で約四十分。駅前にはグランベリーパークというショッピングモールがあるけれど、それ以外にはほとんど店がなく、住宅がひたすら並ぶ、東京に通勤するためのベッドタウンという感じの街だった。マンションと一戸建てと、あとは大きい道路が通っているので倉庫などがちょこちょことあった。そんな街の、駅から徒歩十五分ほど歩いたところにある、九階建ての大きなマンションの一室に僕らは住んでいた。ファミリーばかりが住んでいるような街で、僕らみたいなインターネットで集まったよくわからない人間たちは、かなり浮いていたと思う。

交通アクセスは不便なところだったけど、インターネットでうちのシェアハウスの情報を見て、面白そうなことをやっている、と思った人たちがたくさん来てくれて、意外といろんな人が集まって楽しかった。

そんな感じで一年半ほど南町田で暮らしていたのだけど、東京で交友関係が広がるにつれて、都心からの遠さが気になってきた。もっと都心に家があれば、都心のイベントに出ていくのも楽になるし、家にももっとたくさんの人が集まって楽しい場所になるはずだ。

そんなときに、シェアハウスの運営を手掛けている不動産屋さんと知り合って、空いている物件をいろいろ紹介してもらえるようになった。二〇〇九年当時はシェアハウスブームの走りという感じで、いろんな不動産関係の人たちが試行錯誤をしながら参入してきていた。シェアハウスとかよくわからんけど、なんか流行ってるみたいだし、試験的に空いてる物件を貸してみるか、みたいなノリだったのだと思う。大体僕らに紹介されるのは、普通の暮らしをするような人は選ばない、癖がある変な物件だったのだけど、変な暮らしをしたい僕らにとってはちょうどよかった。

南町田の次に住んだのは、東京都中央区の東日本橋だった。

日本橋といえばオフィス街や商業施設が集まる東京の中心エリアだけど、東日本橋は日本橋の中心からは外れていて、下町エリアである台東区に近い街だ。そんなオフィス街と下町の狭間の街にある、大きなビルとビルに挟まれた古い木造建築の家を借りることになった。一階には喫茶店が入っていて、二階と三階のフロアが住居スペースだった。前はおばあちゃんが一人で住んでいたとのことで、置きっぱなしになっていた大きな食器棚には昔っぽいお茶碗(ちゃわん)が残っていたし、トイレには神社の御札が貼られていたりした。

東日本橋の日々は、とにかく毎日が祭りのようだった。立地がよくなって、遊びに来る人たちが爆発的に増えた。近くにニコニコ動画を運営しているドワンゴがあったこともあって、ドワンゴ社員がたくさん入り浸っていた。

玄関のドアは開けっ放しだったので、昼夜問わず誰かがふらっと遊びに来ていた。いつの間にか知らない人がリビングにいるということも多かった。二十四時間常に誰かが起きていて、居間でゲームをしたりニコニコ動画を見たりしていた。知り合いのあいだでは、「ネットで変な人間を見つけたら、とりあえずあの家に連れて行こう」という流れになっていた。

とにかくいろんな人間を集めたほうがカオスで面白くなる、と思って、無制限に人を受け入れていたので、いろんな揉(も)め事が起こることも多かったけれど、嫌な思い出よりも楽しかった思い出のほうが圧倒的に多い。

二十年前くらいの古いゲーム機を買ってきて、同居人と古い格闘ゲームで一晩中対戦をして、夜が明ける頃、近所の吉野家に牛丼を食べに行って、近くにある隅田川まで散歩する、ということをよくやっていた。三十一歳から三十二歳にかけてのあの頃は、僕にとって第二の青春だったと思う。

その後、その家が古すぎて耐震的に危険だ、という話が出て、同じ東日本橋にある他の一軒家に移ることになった。

新しい家も快適ではあったのだけど、ちょっと部屋の数が少なくて狭かった。五人いる住人のうちひとりは押入れを寝床にしていたくらいだ。物理的空間が狭いとやはりみんなイライラしやすくなる。もう少し広い家に住みたい、と思い、練馬区にある一軒家を紹介してもらって引っ越すことになった。四六時中人が遊びに来すぎて疲れたという気持ちもあった。都心から離れて、静かな生活をするのもいいんじゃないだろうか。

練馬区は東京23区のひとつだけれど、都心からはちょっと外れていて、半分埼玉みたいな印象がある。中心から外れると畑などもそこそこあって、練馬大根が特産品として有名だ。ベッドタウンとして住む人が多く、人口は七十万人くらいと下手な県よりも多い。

そんな練馬区の、今はなくなってしまった「としまえん」という遊園地のちょうど裏側あたり、静かな住宅地の真ん中、どの駅からも十五分以上歩くというちょっと不便な場所にその家はあった。

庭付きの日当たりのいい一軒家だったけれど、大きな土地をいくつかに分割した土地に建っていて、家に入るには私道を通らないといけない。そんな理由で活用しにくいせいか、ちょうど中途半端に浮いていた物件のようだった。

東日本橋の狂騒の日々と比べて、練馬の日々は静かだった。立地が不便になったことで、遊びに来る人も少なくなって、住人たちだけでのんびり暮らしていた。居間でみんなでアニメを見たり、庭でキュウリやゴーヤを栽培したりした。天気のいい昼間や、もしくは真夜中に、人の少ない住宅地をぶらぶらと散歩をするのは好きだった。

平和で落ち着いた生活だったけれど、少し物足りなさや寂しさを感じてもいた。人が遊びに来なくて流動性が低いと、閉塞感が高まる。停滞した場所にいると、自分の精神も停滞するような気がしてくる。

自分の良さというのは、交通量の多いネットワークの中で、いろんな人がゆるく集まる場所を作り上げることじゃなかっただろうか。やはり自分はもっといろんな人が来やすい場所にいるべきかもしれない。静かな生活の中で、そんな気持ちが高まっていった。

練馬の家も、二年ほどすると大家さんの都合で引っ越さないといけなくなってしまった。次に行く物件はどうしようか。今度はやはり都心がいいな。東日本橋のときのようにたくさんの人を集めつつ、ある程度は人の出入りに制限をかけることで、トラブルを起こしすぎないようにしたい。自分ならそれができるはずだ。

候補としていくつか見せてもらった物件の中で僕が選んだのは、台東区の五階建てのビルの一階にある広めのガレージだった。

ガレージなので住むための場所ではないのだけど、トイレと洗面台はあったので最低限の生活はできそうだった。ベッドを置けば寝られるし、テントを張れば個室も作れる。ガレージってなんかロックっぽい。スティーブ・ジョブズもガレージから起業したという。一生に一度くらいはガレージ暮らしをするのもいいんじゃないか。

場所は上野と浅草のちょうど中間あたり。最寄り駅は銀座線の稲荷町駅だった。台東区というのは基本的に下町のエリアだ。住宅地が並んでいる他には、商店も多く、人形屋さんが多い浅草橋、調理器具を売っているかっぱ橋道具街など、さまざまな問屋街がある。稲荷町には仏壇屋さんがやたらと多かった。

上野にも浅草にも歩いていける場所なのは便利だった。上野は都会なので何でもあるし、新宿や渋谷とは違って、アジアぽくてごちゃごちゃした活気があってよかった。僕の出身の大阪にちょっと近い雰囲気なのかもしれない。浅草は観光地なので人が多いけれど、若者よりも中年やお年寄りが多く、なんとなく昭和の雰囲気を残している感じが落ち着いた。

自分たちみたいな胡散臭い生き方をしている人間は、普通のファミリーが住んでいる住宅街よりも、猥雑なものがたくさんある街のほうが、目立たなくて紛れやすい。そういった意味で、上野や浅草は居心地がよかった。

ガレージ生活は楽しかった。本棚を並べて壁を作ったり、テントを張ったり、二段ベッドを何個も並べたりして住環境を作った。カセットコンロを置いて台所もどきのようなスペースを作った。コンクリートの上に直接畳を敷いて居間を作って、そこでみんなで鍋をしたりゲームをしたりした。風呂は、近所にいい雰囲気の銭湯やサウナがあったのでそこに通った。

個室もないし床もないし風呂もないという、住環境としては劣悪なものだったけど、立地と広さは最高だったので、また昔のようにいろんな人が毎日のようにやってきてにぎやかな日々を過ごした。

ガレージに住んで二年ほど経った頃、友人と一緒に新しくシェアハウスを作ろうという話が出てきた。そこで、ガレージは他の人に任せて、同じ台東区の浅草橋でシェアハウスを始めることになった。

新しい家は、ガレージから歩いて二十分ほどでいける距離だった。その頃は、徒歩圏内にたくさん自分たちの拠点を作って、ネットワーク状に存在する街のようなものを作れたらいいな、ということを考えていた。

最寄り駅はＪＲ総武線と都営浅草線の浅草橋駅。間違えて降りる人が多いので駅にも注意書きが貼ってあるのだけれど、浅草と浅草橋は二駅ほど離れていて、歩くとちょっとした距離がある。浅草に向かうための橋だから浅草橋ということなのだろう。京橋（京に向かうための橋）などと同じ仕組みの名付け方だ。

浅草橋は下町という感じの街で、駅前には雛人形や五月人形を並べた人形問屋が並んでいる。飲み屋もたくさんあって、夜はいつも賑わっていた。総武線の一駅隣にはオタクの街・秋葉原と、相撲の街・両国があるので、ちょっと歩けば全然雰囲気の違う別の街に行けるのも楽しかった。

浅草橋は、前に住んでいた東日本橋と同じく、隅田川が近いのもよかった。川や海や湖など、たくさんの水を見ると心が落ち着くのはなぜなんだろうか。

昼間に隅田川のそばでぼーっとしながら、松本零士がデザインした宇宙船みたいな水上バスが行き交うのをよく見ていた。浅草橋は神田川が隅田川に合流する場所でもある。その合流地点近くには屋形船がたくさん係留してあって、ちょっと珍しい風景になっていた。

浅草橋の家は四階建て、６ＬＬＤＤＫＫの二世帯住宅で、今まで住んだ家でもっとも大きな家だった。一緒に暮らす住人の数も今までで一番多かった。

この家にもたくさんの人が遊びに来てくれて楽しかったのだけど、その頃から少しずつ、シェアハウスに対する飽きを感じてきていた。不特定多数の人間が家にやってきていつも騒いでいる生活に、だんだん疲れを感じ始めていたのだ。それは年をとったせいなのかもしれないし、長く続けすぎたせいなのかもしれない。

十年ほどシェアハウスを続けてきて、いろいろな家を転々としてきたけれど、そのあいだ、同居人はかなり頻繁に入れ替わっていた。シェアハウスは、家具を用意しなくても気軽に入居できて気軽に出ていけるので、人の入れ替わりは多くて、居住期間は短い。

最初に始めたときは二十代後半だった自分も、三十代後半になっていた。その一方で、同居人はだんだんと若い人が増えていった。やはりシェアハウスというのは若者向きのものなのだろう。住人の平均年齢が下がっていくたびに、自分はそろそろ卒業するのもありだろうか、という気持ちが高まっていった。

浅草橋の家でもいろいろトラブルがあって、更新はせずに二年で出ていくことになった。そこから新しくまたシェアハウスを作る気力はなくて、一人暮らしをすることにした。そのときちょうど四十歳になっていたのと、元号が平成から令和に変わるタイミングだったのもあったので、キリがいいだろう、という気持ちもあった。

一人暮らしを始めることになったときは、不安でしかたがなかった。

高校生までは実家暮らしで、大学生の頃は学生寮に入っていたので、人生で一人暮らしをしていたのは、就職をしていた二十代の三年間だけだ。そのとき以来だから、十一年ぶりになる。会社で働いていたときの一人暮らしは、周りに友達がほとんどいなかったのもあって、つまらなかった。

自分の一人暮らしの生活、というのが全く想像できなかった。四六時中ずっと周りに人がいるのが当たり前の生活に慣れてしまった自分が、今さら一人暮らしなんてできるのだろうか。孤独で死んでしまわないだろうか。家に自分以外の人間がいないなんて、自分という牢獄の中に閉じ込められるみたいでおかしくなってしまわないだろうか。だから世の中の人はみんな結婚とかするのだろうか。でも別に結婚したいとは思わない。

そんな不安が強かったので、シェアハウスを作るときと同じように、「多くの人が家に遊びに来やすい」ということを最優先にして住む物件を選んだ。「アクセスの良さ」そして「部屋の広さ」、この二つが最優先で、それ以外は二の次だった。

いろいろ探した結果として、都心からのアクセスもいいし、駅からも近いし、一人暮らしには不必要なくらい広いという、理想的な家が見つかった。その代わり築九十年と古いけれど、古い家に住むのは慣れている。地震が来ると倒壊するかもしれないけど、そんな来るかどうかわからないものに怯えてもしかたがない。二年の定期借家契約なのも問題ない。どうせ二年もしたらまた新しい生活をしたくなっているだろう。

住み始めた最初のほうはシェアハウス時代の名残りで、家に人を呼んで飲み会や鍋をやってみたりもしていたけれど、そういうことをしていたのは最初の三か月くらいで、しばらくすると全く家に人を呼ばなくなってしまった。

自分以外の人間が家にいない生活は、思ったよりも静かで快適で、それにすっかり慣れてしまったのだ。

引っ越す前は、人が自由に遊びに来てもいいように合鍵をいろんな人に渡してみようか、と思っていたけれど、結局やらなかった。誰かが急に泊まってもいいように、と予備の布団も用意していたのだけど、一回も使っていない。

そうやって、今は一人暮らしには広すぎる部屋を持て余しながら暮らしている。シェアハウス時代のことを思い出すと、「よくあんなに騒々しく落ち着かない場所で生活ができたものだ」と不思議に思う。

今は、引っ越したいという気持ちが全くない。今の家も街も気に入っているから、ずっとここに住んでいたい。定期借家の契約が切れるのが本当に面倒だ。

昔は、どこか違う場所に住むことで、新しい自分と出会えるかもしれない、そうしたら人生がもっとうまくいくかもしれない、という気持ちにいつも急(せ)き立てられていた。

今は、別にどこに住んでも自分自身はあまり変わらないだろう、という気持ちになっている。何より動くのが面倒だ。引っ越しは労力もお金もかかる。

昔は、十年も二十年も同じ場所に住む人のことが信じられなかった。そんな人生でいいのか、精神が停滞しないのか、と思っていた。でも今はわかる。そうか、みんなこういう感じだったのか。


僕がずっと、変な家に住みたいと思っていたのは、普通になりたくなかったからだ。

人間は環境が作る。普通の環境だと普通のことしか考えないようになる。だから、変わった人間になりたければ、変わった環境に自らを放り込めばいい。そう考えていた。

自分の場合、その試みはうまくいって、変わった環境でいろいろと珍しい体験をして、ちょっと変わった人間になったのではないかと思う。そして、そういうことをやり尽くした今は、もう別に普通の家でいいかな、と思っている。やりたいような暮らしは大体やってしまった。あとはどこに住んでも自分はあまり変わらないだろう。

男はなぜ集まりたがるのか

四十歳からバンド活動を始めた。

十一年間住んでいたシェアハウスを解散して一人暮らしを始めて、少し寂しさを感じていたところに、知り合いがメンバーを募集していたので、自分もやりたい、と言って入れてもらったのだ。

昔からずっとバンドに憧れがあった。こんな歳から今さら、という気持ちもあったけれど、やらずに後悔するよりはやれるうちにやっておこう、と思ったのだ。

ずっとドラムを叩いてみたかったので、独学で一から練習し始めた。僕以外のメンバーも全員バンド経験がほとんどない四十代だったので、レベルも年齢も釣り合っていてちょうどよかった。

バンドに憧れがある、というのは、僕らの世代の特徴だろう。今の若い世代なら、同世代の男が四、五人集まって何かをやろう、ということになったとき、ヒップホップをやるかユーチューバーになるんじゃないだろうか。

ヒップホップやユーチューバーならパソコンやスマホが一台あれば活動できるのに比べて、バンドは結構大変だ。楽器の練習も面倒だし、スタジオを借りないと練習できない。ライブハウスでライブをするのもお金がかかる。

それでも自分たちが今さらバンドをやるのは、若い頃にバンドをやらなかったという、失われた青春を取り戻そうとする気持ちがあるのだろう。

今は月に一度くらい集まってスタジオで練習している。音楽活動以外にもいろいろ一緒にやっていて、ごはんを食べたり旅行に行ったり、ユーチューブのチャンネルを作ったり、一緒に同人誌を作って文学フリマで売ったりして、なんだかんだで集まっては仲良く楽しくやっている。

という話を女性の友人にしたら、

「バンドってすごく男っぽいよね。ていうか最近ガールズバンドってあまりいなくない？」

と言われた。

確かに、男ばかりのバンドはたくさんいるけど、女性ばかりのバンドはそんなに思いつかない。ミュージシャン全体で女性が少ないという印象はなくて、ソロミュージシャンなら女性もたくさんいる。だけど女性ばかりのバンドとなるとあまり思いつかない。

なぜだろうか。それは多分、「同じようなやつらばかりでなんとなく集まりたがる」というのが、男の特徴だからなのではないだろうか。

男ばかりで集まっているときの、妙な安心感、というものがある。同質性というか、みんな同じようなやつらばかりだから、ややこしいことを話し合ったりしなくてもいい、という空気があるのだ。

僕は昔から、女性の友達とは一対一で話したり会ったりするのだけど、男性の友達とはあまり一対一でやりとりすることはなくて、なんとなく集団で集まることが多い。ずっと住んでいた男ばかりのシェアハウスではリビングにいつも人が集まっているのだけど、あまりお互いの個人的なことを話し合ったりはしなくて、ゲームの話とかネットの話とかマンガの話ばかりしていた。

そういった男性の集団にいるとき、個人というものが溶けている、という感じがある。自分という個は埋没して、顔のないワンオブゼムとして、集団に溶け込んでいるイメージだ。

ときどきその男ばかりの集団に、女性が入ってくることがあると、ちょっと戸惑ってしまう。女性が入ってきた途端、「ややこしいことを話さなくてもなんとなく通じ合える気がする」という前提が通用しなくなって、急に顔を持った個人に戻らないといけなくなるからだ。

これは想像だけど、女子会などの女性ばかりの集団は、男よりもきちんとお互いの個人的なことを話し合って、通じ合う人たちで集まっているという感じがする。

それに比べて男の集団は、本当は合わないところがある人とも、あまり掘り下げないままで、なんとなく一緒にいる、という感じがある。

その集まることへのハードルの低さが、男性ばかりの集まりが世の中にたくさんあって、男性バンドがたくさんあることの理由じゃないだろうか。


男性は自分自身のことを話すのが苦手だ、という話をよく聞く。

その理由は、「自分の感情を言語化するのが苦手」とか、「そういうことを話さなくても今までなんとかなってきた」とか、「プライドが高いので自分の弱い部分を出しづらい」とか、そんなところなのだろう。

じゃあ、男ばかりの集まりでは何を話しているのかというと、趣味とか仕事とか、個人の感情とは関係のない話をしていることが多い。

最近出た新しいゲーム機はどうだとか、ネット炎上の裏話とか、エヴァンゲリオンの話とか、そういった、自分自身のことを全く出さなくても話せる話題について、延々と話し続けている。それはすごくラクだし、楽しい。

こうした、「深いことを話し合わないままでなんとなく集まっている」という男の集団の特徴は、ホモソーシャルとして批判されることもある。

男がお互いのことを掘り下げなくてもやっていけるのは、自分たち「男」という存在が世の中で「普通」で「当たり前」だから、わざわざそこを掘り下げなくても何も問題がない、という状況があったからだろう。そうした意識は、女性や「普通」ではない男性への排除につながっている。

ただ、ホモソーシャルが批判されるのは、その男の集団が権力を握っていて、排他的になったり攻撃的になったりすることが多いからだ。

特に権力も持たず、攻撃性もなく、社会の片隅で人に迷惑をかけずに同じような男ばかりで平和に群れている場合は、そういうのがあってもいいんじゃないか、と思う。

小田嶋隆さんが、『諦念後　男の老後の大問題』（亜紀書房）という六十歳以降の生き方がテーマの本で、「麻雀ならネトウヨとでも打てる」と書いていたのが印象に残っている。思想が全く違っていても、麻雀なら一緒にできる、というのだ。草野球なんかもそうだろう。

あまりお互いを掘り下げないままで、共通の趣味などを媒介に、なんとなく場を共有して一緒にいる、という男性中心の集団はよく見かける。

本当に気が合う人としか仲良くしないとなると、なかなかハードルが高い。

深く話すと多分気が合わないけれど、そういう部分には触れず、なんとなく場を共有できる、という集まり方のよさもあると思うのだ。

ここまで書いたところで、以前読んだ村中直人『ニューロダイバーシティの教科書』（金子書房）という本のことを思い出した。

この本は、ニューロダイバーシティ、訳すと「神経の多様性」についての本で、主に自閉症スペクトラム（アスペルガー、ＡＳＤとも呼ばれる）のことが扱われている。

自閉症スペクトラム者は「人間よりも人間以外のものごと（例えば論理とか法則とか分類とか）に興味を持ちやすい」といった特性がある。それが障害だと見なされるのは、この社会の中で彼らが神経学的な少数派（ニューロマイノリティ）だからにすぎない。自閉症スペクトラム者が多数派で、定型発達者が少数派の社会では、定型発達者のほうが「人間に興味がありすぎる」障害だと見なされるだろう。

ちなみに自閉症スペクトラムは女性より男性に圧倒的に多く、「理屈っぽい」とか「理論が好き」といった男性の男性的な面を増幅した「超男性脳」と呼ばれたりすることがある。

この本では、自閉症スペクトラム者の特性がひとつの文化だと扱われる。また、障害と文化を結びつける別の例として、耳が聞こえないろう者の人にも特有のコミュニティがあって、それも文化だという話が紹介されている。

この本で一番面白かった部分は、自閉症スペクトラム者やろう者の文化は、必ずしもその当事者だけに閉じられていない、という話だ。

どういうことかというと、自分は自閉症スペクトラム者じゃないけれど、自閉症スペクトラム者と話すのが居心地がいい、という人がいる。同じように、ろう者じゃないけれど、手話を使ってろう者のコミュニティにいると落ち着く、という人もいる。

それと同じように、個人的な感情を掘り下げないままでなんとなく集まれるという、男性集団のよい部分は、男性以外にも共有できるものだと思うのだ。

こういったことをよく考えるのは、孤独だった十代のときに、大学の寮に入って救われたからだ。

高校までの自分は友達を作るのがずっと苦手だった。だけど寮では、話すのが下手でも、頭の中で危険なことを考えていたとしても、無言で麻雀を打ったりゲームをしたりしていれば、それでなんとなく人の輪の中に入ることができた。その後シェアハウスを始めたのも、寮の経験があったからだ。

寮やシェアハウスでぐだぐだと長い時間を過ごしていた仲間たちとは、寮やシェアハウスを出たあとは、あまり会わなくなった人が多い。

寮やシェアハウスのような場所で、なんとなく大勢で一緒に過ごすのはちょうどよかったけれど、わざわざ連絡を取って会う、という感じではないのだ。喫茶店とか飲み屋で一対一で会っても、「何を話したらいいかわからない」「特に話すことがない」という感じになってしまう。

だから、本当は話も気も合わなくて、お互いのことがあまりわかっていなかったのかもしれない。

でも、寮やシェアハウスでの人間関係が、偽物だったとも思っていない。お互いのことがよくわからないままでも集まっていられたあの空間は、あれはあれで良いものだったと思っている。

きちんとお互いを掘り下げてわかりあえる一対一の関係を持つことはもちろん大切なことだけど、それと同時に、性格や思想が違ってもなんとなく曖昧に集まって場を共有できる場所もあるとよくて、その両方があることで、より豊かに過ごせるのではないだろうか。

III

なんで京都に住んでないんだろう

最近はすっかり新幹線を使うことが多くなっていたのに久しぶりに夜行バスに乗ったのはそのほうが時間的に都合がいいというのもあったのだけど、若い頃に夜行バスで旅をしていたときのワクワクする気持ちを思い出したかったからというのもあった。

夜中の高速バスターミナルでは、大きな荷物を持った人たちがたくさん地べたに座ってバスを待っている。このターミナルからは東西南北あらゆる方向へとバスが向かっている。どこにだって行ける。バスに乗り込んで、流れる夜景を眺めながらイヤフォンで音楽を聴いているといつの間にかうとうととしていて、でもトイレ休憩でサービスエリアに着くと目を覚まして、寝起きのぼんやりした頭で外に出て、外の空気を吸いながら体を伸ばしたり曲げたりするのだ。

サービスエリアというのはなんであんなにワクワクするのだろう。空港なんかもそうだけど、みんなどこかに向かっている途中の、けっして日常ではない、どこにも属していない場所という雰囲気がいいのだろうか。うとうととしたと思ったら、サービスエリアで目を覚ます、というのを何度か繰り返すと窓の外が白んでくる。普段だったら絶対に起きていない、朝五時や六時という時間に目的地に到着して、こんなに早く着いても時間を潰すのに困るんだよな、とかぼやきながら、駅前で唯一開いているマクドナルドで安くて苦いコーヒーを飲む。そんな夜行バスの旅が好きだった。

しかし数年ぶりに乗った夜行バスは、あまり楽しめなかった。バスターミナルは狭くて人が多いだけで、特に旅情を感じなかった。バスのシートは昔よりも進化していて、かなりリクライニングできる上に、顔全体をすっぽりと覆ってくれる蛇腹状のテントみたいなものが上から出てくる仕組みになっていたけれど、それでもやはり座席の狭さはどうしようもなく、車中ではほぼ眠れなくて、時間をごまかすためにひたすらスマホでゲームをし続けていた。途中のサービスエリアで降りたときは一瞬だけ楽しかったけれど、昔感じていたほどのワクワクは感じなくて、二回目の休憩では外に降りることもしなかった。寒かったし。

なんだろう、昔感じていた楽しさはどこに行ってしまったのだろう。昔はなんでこれが楽しいと思っていたのだろうか。

早朝の京都駅前でバスを降りて、一月の冷えた空気をほっぺたで感じながら、もう夜行バスは使いたくないな、と思った。多少お金がかかっても、新幹線のほうがいい。そんな普通のことを思うようになった自分が寂しい。

京都駅から地下鉄を乗り継いで岡崎へと向かう。京都市の都市部と東山山麓のあいだに位置する岡崎は、琵琶湖から流れてきている琵琶湖疏水のほとりに、美術館や動物園や神社仏閣などが集まって文化的な空間を形成しているエリアだ。京都に住んでいた学生の頃、よくこのあたりを散歩していた。それから二十年以上が過ぎた今は、年に一度開かれる、文学フリマ京都に出るために毎年このエリアに来るようになった。

机の上に自作の同人誌を並べ、どうもどうも、いつもありがとうございます、とか言いながらたくさんの本を売りさばいたあと、近くに住んでいる学生の頃の友達と合流した。東山三条の中華料理屋に入ろうとしたら満席だったので、近くにあったネパール料理屋に入って、スパイスの効いた肉やネパール風の餃子などを頼みつつ、ネパールのビールやネパールのラムを飲んだ。

普段はほとんどお酒を飲まない。相手が飲むときはちょっと飲んだりもするけど、二杯か三杯飲むともう十分になってしまう。お酒を飲むとリラックスするという感覚があまりない。味は美味しいと思うけれど、体が重くなってダメージを受けているという感じが強い。東京だとまわりにお酒を飲む人があまりいないので、本当に月に一度飲むか飲まないか、というくらいだ。

だけど、京都の友達に会うと、なぜか飲むのが楽しい。楽しい時間を続けたくてつい飲みすぎてしまう。不思議だ。学生の頃の気分を引きずっているからなのだろうか。この日もつい何杯も飲んでへろへろになってしまった。

ふらつきながらもなんとか四条河原町の宿に辿り着いて、横になる。ちょっとだけ眠ったけれど、三十分くらいで目覚める。お酒を飲むといつもこうだ。眠ってもすぐに目が覚めて、そのあとはお酒が抜けるまで眠ることができない。しばらくベッドでうだうだとしていたけれど、どうせ部屋にいても眠れないのなら、と、夜中の散歩をすることにした。

真冬の極寒の午前四時、百貨店が立ち並ぶ京都の中枢、四条河原町の交差点に出る。さすがに誰も歩いていない。こういうときは何かを食べたほうが眠れるので、四条木屋町のすき家に入って牛丼を食べた。京都に住んでいた学生の頃は、よく徹夜麻雀をしたあとにみんなで牛丼屋に行った。河原町丸太町のなか卯とか。あれはなぜあんなに楽しかったのだろう。そのまま木屋町通りを北上する。飲み屋街なので、この時間でも木屋町通りにはちらほらと人がいる。そして木屋町三条から西に進んでアーケードのある商店街に入り、寺町通りを南下して宿に戻った。

歩きながらずっと、二十歳前後の若者のとき、何もわからないままでこのあたりをひたすらふらふらしていたな、ということを思い出していた。自分もずいぶん年をとった。遠くに来てしまった。そんなことばかり考えていたのだけど、ちょっとわざとらしかったかもしれない。半ば無理矢理に、若い頃に住んでいた場所を久しぶりに歩いて過去を振り返ることで甘い感傷に浸ろうとしていた。この思い出はもう何度もしゃぶりすぎて、あまり味がしなくなってきている。

翌日、二日酔いと寝不足のままホテルをチェックアウトして、とりあえずぶらぶらと歩く。都会の喧騒。昨日の夜中は無人だった街に人があふれている。人を避けながら三条寺町のアンデパンダンへ向かう。昔ときどき来ていたカフェだ。

地下への階段を降りて重いドアを開けると大きめの音量で音楽がかかっていたけれど、それが嫌な感じではなく居心地がよい。天井近くにある窓からは外の光がさし込んでいる。店内は広くて、歴史を重ねたおしゃれな廃墟、といった雰囲気だ。鯖とミョウガのペペロンチーノを食べて、食後にロイヤルミルクティーを飲んだ。

このビルは一九二八年（昭和三年）に建築家武田五一の設計で大阪毎日新聞社京都支局ビルとして建築され、現在は近代建築遺産として京都市登録有形文化財に指定されているという、歴史のあるビルだ。そのビルの中の、長年放置されていて廃墟のようになっていた地下フロアを、昔の雰囲気を残したまま改装してカフェにしたのがこの店だ。

京都といえば古い寺社がたくさんあることで有名だけど、実はそれだけではなく、明治や大正時代に造られた近代建築もたくさん残っている。東京や大阪と違って、太平洋戦争のときにあまり空襲を受けなかったからだ。

千年以上前の平安時代から残っている伝承や、戦国時代や江戸時代から続いている文化や、明治や大正の頃の建築、そして昭和、平成、令和、と、さまざまな時代のものがゆるく入り交じりながら残り続けているのが、ひたすら時間の流れが速くて前へ前へと進んでいく東京とは違う、京都の魅力だと思う。

自分の中の時間の流れも、京都に来ると入り交じってしまう。二十五年前の学生の頃と、仕事を辞めてふらふらしていた十七年前の頃と、年に何度も京都に通っていた十年前と、そして年に一度来るようになったここ数年のこと。どの記憶がどの頃のものだったかは曖昧になってしまっている。学生の頃にこのカフェには何度かライブを観に来たはずだ。無数に設置されたセミのような形の小さな機械のひとつひとつがノイズを発していて、その音が集まって轟音になった中で、女性がコンテンポラリーダンスをするというパフォーマンスを見たのを、ぼんやりと覚えている。このビルの二階でヨーロッパ企画の演劇を見たこともあって、それは確かタイムマシンがテーマのお話だった。

昨日の夜に散歩していたときに、ちょっとだけ鴨川も見た。春や夏には若者たちがたくさん集まっている鴨川の河原も、真冬の真夜中には誰もいるはずがなくて無人だったのだけど、そのときに「ゆく河の流れは絶えずして、しかももとの水にあらず」という鴨長明の『方丈記』の定番のフレーズを思い出したのだった。鴨川は二十年前に自分が京都に住んでいたときと変わらないように見えるけれど、流れている水は別のものだ。それと同じように、京都の街もずっと変わらないように見えるけれど、人や建物は少しずつ入れ替わっている。無常だな。諸行無常だ。鴨川を見てそんなことを考えるのはあまりにベタすぎて少し恥ずかしいのだけど、しかしやはり八百年前から残っているパンチラインは強力なのだった。

京都は「学生の街」と呼ばれるように、大学が本当にたくさんある。全部で三十か四十くらいあって、百数十万人いる京都市の人口の十分の一が大学生だと言われている。そのほとんどは、進学のために京都にやってきて数年間の学生時代を過ごし、卒業するとまた京都を出ていく。川の水のように流れ去っていく。自分が京都で過ごした時間はかけがえのない楽しい時間だったけれど、それは大きな流れの中の一滴に過ぎなくて、今の京都は今の若者たちが青春時代を楽しむための場所なのだ。うらやましい。

京都や大阪に来るたびに、東京より気分が落ち着く感じがある。東京は何でもあって楽しいし便利だけど、人が多すぎるし、都市の規模が大きすぎるので、移動するのが大変だ。

その点、京都や大阪は都市がちょうどよくコンパクトにまとまっているので、どこに行くのもそんなに時間がかからないのがいい。知り合いは大体ちょっと移動すれば行ける範囲に住んでいる。都市が広すぎないので、山などの自然の多いエリアにもあまり時間がかからず行ける。繁華街に行けば買い物に困ることはないし、カフェや書店やライブハウスなどの文化的な要素もある。

しかし、京都や大阪が居心地がいいのは、自分が京都と大阪で育ったせいなのかもしれない。生まれや育ちに影響されずにすべてを自分で選びたい、何にもとらわれず完全に自由に生きたい、と思ってここまでやってきたのだけど、幼少期に刷り込まれた経験はやはり断ち切れないものなのだろうか。完全な自由なんてなかった、人間は生まれた環境に生き方のかなりの部分を規定される、ということを考えると少し残念ではあるけれど、まあもうそれはしかたないかという気分にも最近はなってきた。人間は、そういうものなのだ。

京都に来るたびに、東京よりも住みやすそうだと思っているにもかかわらず、自分はなぜ東京に住み続けているのだろうか。

京都に住んだほうが幸せに生きられるんじゃないだろうか。左京区あたりに住んで、適当にゆるく仕事をしながら、いい感じのカフェを巡ったり、鴨川の河原でビールを飲んだりしていればいい。友達もいるし、自転車があれば大体どこでも行けるし、ライブを見に行ったり美術館に行ったりもしやすいし、ときどき大阪や琵琶湖に遊びに行けばいい。それで十分なんじゃないだろうか。

　東京は家賃も高いし人も多いし、どこの店も狭くて混んでいる。それに比べると生活の快適さは京都のほうが上なんじゃないかと思う。

　しかし、そのことを考えるたびに、京都は魅力的なんだけど、まだもうちょっと東京で何かをやっていきたいかもしれない、という気持ちになる。文章を書いたりとかイベントに参加したりとか、そういう文化的なことを東京でやっていたい。

　東京の文化的イベントの多さは異常だ。ギャラリーやライブハウスや本屋が無数にあって、展示やトークやライブやワークショップが週末ごとにいくつも開催されている。京都や大阪でもそういうのがないわけではないけれど、数としては東京の十分の一くらいじゃないだろうか。京都や大阪に文化的なイベントが少ないというよりも東京が多すぎるのだ。そうしたイベントの片隅に関わっていたい、という気持ちがある。

　あと、もし京都に住んだら、自分は文章を書かなくなってしまうのではないか、ということも恐れているかもしれない。

　東京のイベントの多さや、物事の移り変わるスピードの速さ。その速度の中に身を浸していると、自分ももっと何か、クリエイティブなことをやらなければいけないんじゃないか、という圧力を感じる。その圧力で自分は文章を書いているところがある。京都に住んだら生活は充実するかもしれないけれど、生活することだけで満足してしまって、別に人間は文章を書いたりしなくても生きていける、ということに気づいてしまいそうで、それが怖いのだ。

何をしたらいいかわからなくて人生に迷っていた学生の頃、大文字山に登ったことがあった。お盆に行われる五山送り火で「大」という文字が赤く灯される、あの山だ。銀閣寺のあたりまで自転車で行って、そこから三十分ほど山を登れば頂上近くのあの「大」の文字のところまで出ることができる。

「大」の中心に腰を掛けて眼下を見下ろすと、京都の市街地を一望できる。山に囲まれた盆地の底に、重力に押し付けられるように詰め込まれた家やビルたち。その光景を見て、ここから抜け出したい、と思った。

特になにか不満があったわけじゃない。京都は住み心地がよくて、友人や環境にも恵まれ、いい感じの生活を過ごせていたと思う。だけど、当時はよくわからない閉塞感を常に感じていた。若さだけはあるけれど、特に何もできない自分に苛立(いらだ)っていた。

自分の人生はこんなものなのか。これで本当に全部なのか。そんなはずはない。何か、ここではないどこかに、もっと素晴らしいもの、だめな自分を根本的に一新してくれるような、革新的な何かがあるはずだ。そこに辿り着けばもっと充実した生を生きられるはずだ。そんなことをずっと思っていたのだ。その後東京に出てきたのも、そういった「ここにはない何か」を求めてのことだった。

四十代になった今はもう、ここではないどこかに何かもっと素晴らしいものがあるはずだ、という気持ちはあまりなくなってきた。大体のことはもう見た気がする。期待を超えることはもうそんなに人生で起きないのだろうと思う。

しかし、まだ東京で何かをやっていきたい、という気持ちがあるのは、まだ少し、ここにはない何かが存在することに期待しているところがあるのかもしれない。かすかだけど、まだ現状に満足していない何かが自分の中にある、ということに気づくのは、うれしいことだ。それは若さのかけらである気がするからだ。

東京にはもう十五年以上住んでいるのに、今でも東京の生活はなんだか嘘っぽいと感じている。定職につかず家族も持たず、トークイベントに行ったりライブを見たりしてるこの生活は、本当に現実なのだろうか。東京だと、いつまでも浮世離れしたよくわからないことを考えていても許される気がする。今までとは違う何かが起こるかもしれないという期待を、東京という街は今でもかすかに持たせてくれている。

こないだ、SNSで京都に住んでいるある人の訃報を見た。知らない人だけど、共通の知り合いは何人もいて、自分の知っている界隈の近くにいる人のようだった。歳は自分よりちょっと上で、がんになってこの二年ほど闘病していたらしい。気になってその人の投稿を遡った。闘病生活を京都の仲間たちに励まされていたらしく、居酒屋で飲み会をしたり、鴨川の河原でみんなで集まったりしている写真がたくさんあった。それを見て、いいな、と思った。死ぬときは、京都でこういうふうに死にたいかもしれない。

今までに見たことのない何かに期待する気持ちが全くなくなってしまったら、また京都に住んでみようか。でも、もう少しだけ東京で、何もかもがすごいスピードで移り変わってしまう、この異常な速度の都市で、地に足がつかないようなことをやっていたい。

うるさいけど、とても、いい

「今日の夜に突発的に路上で弾き語りをする」と、気になっていたミュージシャンがSNSでつぶやいているのを見たので、家からもそれほど遠くないし、行くことにした。高円寺の駅前に着くと、すでに告知を見た人たちがたくさん集まっていたのですぐにわかった。彼はガード下のシャッターの前に座り込んで、僕たちはその周りを囲むように地面に座った。運良く一番前の列に座れたのだけど、もともと停めてあった自転車が身体に当たって邪魔だった。自転車が邪魔だと思いながらライブを観ることってあまりないよな、と思った。

その日、彼のバンドメンバーがバンドを脱退したというニュースをネットで見た。彼はかなり酒を飲んでいて、酔いながらアコースティックギターを掻き鳴らして歌っていた。

地面の冷たさを尻で感じながらライブを見るなんて久しぶりだな、となんだか懐かしい気持ちになっていた。昔京都にいた頃はこういうことばかりやっていた気がする。どうして最近やっていなかったのだろう。自分はこういうのが好きな人間だったはずなのに。

最後にそのバンドの代表曲のひとつを彼が歌い始めると、自然と見ているみんなも歌い始めた。僕も歌った。ちょっと涙が出そうになった。その曲を歌い終わると彼は、アコースティックギターを地面に叩きつけて粉々にして、そのまま去っていった。観客たちは砕け散ったギターのかけらをそれぞれ拾いはじめて、僕もせっかくなので木片をひとつ持って帰った。ライブを見るたびに、自分が本来いるべき場所に帰ってきた、という懐かしい気持ちになるのはなぜなのだろう。

ひとりでライブハウスに来て、開場と開演のあいだの中途半端な時間に、薄暗いフロアで文庫本を読みながら待っているのが好きだ。そして不意にBGMが止まって、いよいよライブが始まろうとする瞬間の高揚感。ここが世界の中心だ。今ここで絶対に見逃せないことが起こっている。ライブを見るといつもそんな気持ちになる。それは思い込みでしかないのだろうけど、そう思わせてくれることがうれしい。

どのライブハウスに来ても、ここが自分のもともといた場所だ、と感じるのだけど、ここが自分のいるべき場所なのだったら、それ以外の普通に生活している時間というのはいったいなんなのだろうか。嘘？　まやかし？　よくわからないけれど、ライブか生活のどちらかは幻で、同じ地平に両立しないものだということだけはわかっている。

初めて行ったライブハウスはどこだっただろうか。ライブを見に行くようになったのは京都で大学生をやっていた頃なのだけど、最初に見たライブが何だったのかは覚えていない。多分、最初はあまりぴんとこなかったのだと思う。ライブハウスは暗くてちょっと怖い雰気だし、音が大きすぎて疲れるし、バーカウンターで楽しそうに話している人たちを見ると疎外感を覚えるし、とか、そんな感じだったのだろう。

でも、もともと音楽は好きだったので、少しずつライブハウスに馴染んでいった。一緒にライブに行ける音楽の趣味が合う友達ができたのも大きかった。京都や大阪のさまざまなライブハウスやクラブ、古いビルの地下のカフェ、寮の食堂、ボロボロの講堂、大きな公園の野外音楽堂など、いろんな場所でライブを見た。

その頃、ノイズのライブを聴きに行ったことがあった。入り口の重い扉を開くと、ものすごい爆音で、雑音のようなノイズが流れていた。ＤＪブースでは、渋い表情をした男が、いろいろなつまみをひねったり戻したりしている。延々とノイズが流れ続けていて心地いいのだけど、ちょっと音が大きすぎるので、長時間いるのは厳しいかもしれない。このイベントはいろんなノイズミュージシャンが入れ代わり立ち代わり演奏をして、全部で五時間くらい続くらしい。耳栓を持ってくればよかった。

気がつくと、一緒に来ていた友達がそばにいない。フロアを見回すと、ステージの脇に設置されている、背丈より高い巨大なスピーカーの真ん前で、彼はうつむき加減で肩をすくめて、スピーカーに身をくっつけんばかりにして立っていた。ただでさえ耳がしびれるほどの爆音なのに、あんなにスピーカーの近くに行って大丈夫なのだろうか。

しばらくすると友達が戻ってきたので、僕はスピーカーを指さしながら、大きめの声を出して訊いた。

「あそこ、うるさすぎない？　大丈夫？」

そうすると友達はニヤニヤ笑いながらこう答えた。

「うるさいけど、とても、いい」

そうなのか、いいんだ。僕もおそるおそるスピーカーに近づいてみた。一歩踏み出すごとに音が大きくなる。音圧で体の表面がビリビリする。重低音が内臓を揺さぶる。スピーカーの前に辿り着く。ものすごくうるさいのだけど、たしかに、いい。自分が雑音に飲み込まれて、雑音の中に溶けていくような。音に感情を撫(な)でられ続けていて、余計なことを考えられない。なんだかもう、すべてがどうでもいいな。

ライブハウスには、いつも何か特別なことが起こりそうな予感があった。どうやって生きていったらいいか全くわからなくて、人生に全体的にもやがかかっていた二十歳前後の頃、薄暗いライブハウスの片隅に身をひそめて、爆音と振動で聴覚と思考を麻痺させていた。

文章を書くときはいつも音楽を聴いている、と言うと、ときどき驚かれる。集中できなくないか、と言われたりするけれど、むしろ音楽を聴かないと集中できない。日本語の歌詞が入っている曲だと、言葉が文章とぶつかったりするけれど、歌のない音楽や外国語の歌なら大丈夫だ。日本語の歌でも、何百回も聴いていて完全に脳に馴染んでいる曲なら新しい刺激として入ってこないので、聴きながらでも文章を書ける。

音楽は、気分を切り替えるための最も手軽なツールだと思っている。気分を切り替えるためのツールとしては他にも、散歩、食事、風呂などいろいろあるけれど、イヤフォンさえあればどこでも使えるのが音楽だ。

音楽は自分の中の何か根本的な部分とつながっている、という感覚がある。調子のいいときは自然に歌を口ずさみたくなるし、調子の悪いときは音楽が耳から入ってこない。音楽がないと、うまく生きていけない。

ただ、このあいだある記事を読んでちょっと衝撃を受けた。

それはＡＤＨＤの人の話で、その人は、普段から頭の中にずっと音楽が流れているらしい。だけどＡＤＨＤの薬を飲んだら、その音楽がぴたりと止まって静かになって、他の人はみんなこんなに静かな世界で生きていたのか、と驚いていた。

それは自分と全く同じ症状だった。常に、頭の中に断片的な音楽が流れている。それは、たまたま耳にした音楽だったり、何か目にしたものに関連した音楽だったりする。長い音楽がずっと流れているというよりは、短いフレーズが何度も断片的に繰り返されていて、消そうと思っても消せない。

そして、実際に耳から音楽を聴いているときだけは、頭の中の音楽が消えるのだ。だから音楽を聴くと集中できる。逆に言うと、音楽を聴いていないときは、常に頭の中にいろいろな音楽が流れ続けていて、無限に気が散り続けている。

その記事を読んで衝撃を受けた理由は、自分の脳内に常に音楽が流れ続けていることや、音楽を聴かないと集中できないといった自分の性質は、ひょっとして「音楽に愛されている」とか「音楽的才能」といったものではないか、と少し期待していたところがあったからだ。しかし、それは薬を飲めば治るような、ただの「症状」だったのだ。ちょっと、がっかりした。

その「症状」を、実際の音楽につなげられる人もいるのだろう。音楽的な基礎をきちんと身につけている人なら、頭の中に流れてくる断片からいろんな曲を作り出したりできるのかもしれないけれど、自分にはそういった素養はないので、どこかで聴いたCMソングが延々と脳内でループするとか、そういうつまらないことにしかならない。

まあ、頭の中が常にごちゃごちゃしているという体質のせいで、音楽のことを切実に必要だと思えて、音楽に親しみを持てたことは、いいことだったのかもしれない、と思う。そのおかげでたくさんの音楽と出会うことができたし、素晴らしい音楽を聴いているときは、いつも自分が世界にひとつだけの特別な体験をしていると思うことができたからだ。

そういえば大学生の頃、口琴という楽器が好きだった。

口琴というのは、鉄製の小さな器具を歯にあてて、細長い弁を振動させると、その音が口のなかで反響して倍音を作り出し、びょーん、びょおーん、という間の抜けた音が出る、という楽器だ。口腔の形を変えると、音色も変わる。この音が気持ちよくて、暇なときにいつもびよびよ鳴らしていた。

誰だか忘れたけれど、この口琴についてこんなことを言っている人がいた。

「口琴というのは演奏する本人が一番気持ちいいんですよ。だって、歯を通して頭蓋骨を直接振動させて聴いているんだから」

普通は空気中の振動を鼓膜で拾って音を聴くわけだけど、演奏している本人は空気を仲介せず、頭蓋骨から振動を直接聴いているのだ。確かにそのほうがよく聞こえるだろう。

音楽というものは聴衆に向けて演奏するものだと思っていたので、本人が一番気持ちいい、というのが意外だった。だけど、口琴に限らずどんな楽器だってそうなのだ。どんな楽器でも、歌でも、演奏している本人が最も近くでその音を聴いている。だから、音の気持ちよさを一番受け取れるのは演奏している本人だ。

べうべう、べおーん。わうわうわう。ごろごろ。口琴を鳴らして、さまざまな高さの倍音を響かせる。頭蓋骨の内側をすりこぎでこすり続けて、脳を麻痺させるような、鈍い響き。その音は、自分以外のことに興味がなくて、外の世界に出ていきたくないとずっと考えていた、モラトリアム時代の自分にぴったりだった。他人のことなんて考えたくなかった。ずっと自分のことだけ考えていたかった。

そのうちに僕は、音楽と同じように、自分自身が気持ちいいことをしていれば、それは他の人にとっても気持ちいいはずだ、と考えるようになっていた。無理に人のために何かをしようと思わなくても、自分が楽しいことだけやっていれば、それが自然と周りの人のためにもなって、人生はなんとかなるはずだ。

たしかに、それでうまく行くときはある。でも、それがいつでも正しいわけではない。その人自身は気持ちよさそうに歌っているけど、歌がおそろしく下手なので、周りの人は全く幸せになっていない、といった事例は多々ある。自分が楽しんでやるということも大事だけど、それと同時に、客観的な評価というものも大切なのだ。

若い頃の自分は、自分の楽しさだけを重視していて、客観的な評価を無視していた。誰かに評価されて、否定されるのが怖かったからだ。それが、音楽が好きだったのに、音楽ができなかった理由だと思う。自己満足的に楽器を鳴らすことはできても、他人に聞かせるための音楽にはならなかった。僕の出す音は、意識や思考や思想は、自分の頭蓋骨の内側で反響しているだけだった。

今から振り返ると、「自分が楽しいことをやれば、それが自動的に他人のためにもなる」という考え方は、他者と協調するのが苦手だった当時の自分にできる、せいいっぱいの社会とのつながり方だった。不器用ではあったけど、そういうやり方しかできなかったのだ。

引き出しの奥を探すと、当時使っていたゾルタンのブラックファイヤーという名前の口琴が出てきた。黒いボディに少しだけ錆が浮いているけれど、音を出すのには問題ない。歯に当てて鳴らしてみる。びょーん、びょおーん、と、昔と変わらない音が響く。何もやる気がなくなるような、けだるい鋼の振動。

自分の数十年の人生も、宇宙的スケールから見ると、この一瞬の鋼の振動と何も変わらないよな、などということを考える。そんなことばかりを考えていたから、こういう人生になったのだろう。

木製のスティックの先端はつるつると丸みを帯びたままなのだけど、その少し下あたりはささくれのようになっていて、撫でるとざらざらしている。ドラムスティックは金属でできたシンバルを叩いているうちに、だんだんと消耗してこうなっていく。そのことは、自分でドラムを叩くようになるまで知らなかった。

四十歳になったとき、たまたま縁があってバンドを組むことになって、全くの初心者だったけどドラムを練習し始めた。月に一度くらい、スタジオに集まって練習をしている。ときどきライブハウスでライブをやったりもする。

バンドといえば、みんな十代二十代くらいで結成するものだと思うけれど、四十代でこんなことをやっているのは、まあ自分にお似合いだなと思う。自分のことだけでいっぱいいっぱいだった若い頃は他人と一緒に合わせて何かをすることができなかった。年をとるにつれて少しずつ周りに目を配る余裕ができて、なんとかバンドをやれるくらいの協調性が生まれてきたのだ。

自分の好きなように音を出すだけではなく、他人の出す音をちゃんと聴いたり、テンポや音程といった客観的な基準に合わせることを意識しないと、心地よいものはできない、ということをようやく認められるようになった。よくある人間的成長というやつだろう。

自分に音楽的才能があるとは思っていないけれど、バンドで演奏するのは楽しい。誰かと一緒に音を合わせているときは、今ここにしかない特別な瞬間にいる、と感じられる。スタジオに入るたび、またここに帰ってきた、という気持ちがするようになってきた。ひずんだギターの音。這うようなベースライン。キーボードが同じフレーズを何度も繰り返す。あと四小節でまたボーカルが入ってくるから、そのタイミングに合わせて、力いっぱいクラッシュシンバルを鳴らすのだ。

幽霊の音楽

水上音楽堂、というからにはてっきり池の真ん中にあるか、そうでなくてもせめて池のそばにあるのだと思っていたのだけど、実際の水上音楽堂は上野公園の中心に広がる不忍池から少し離れた場所にあったので、最初に来たときは若干期待外れに思ったものだった。

水の上にあるわけではないのになぜ水上音楽堂というのだろう。水上音楽堂のステージのすぐ下には、水の張られていない池のような半円形の謎の空間があるのだけど、昔はあそこに水が張られていたのだろうか。しかしあそこが池だったとしてもそれもなんだか中途半端で不自然な気がする。

開演の一時間前に入るとまだ人はまばらだったので、前のほうに席を取った。ステージにはすでに楽器を持った人たちが十数人立っていて、リハーサルをやっている。

季節は五月。緑が瑞々しい。この会場は外と直接つながっていて風が吹いてくるので、ピクニックのような気持ちになる。この時期の屋外は最高だ。ちゃんと飲み物やお菓子も買ってきたし、リハーサルを見ながら開演までの時間をのんびり過ごそう。

この音楽を聴かなければまともな人生を歩んでいたかもしれない、とまで言うと言い過ぎだけど、こういう音楽をこんなにも好きになるということは、自分はメジャーなものには惹かれないマイナーな人間としてずっと生きていくのだろう、という自覚を決定的にした、というくらいのことは言えるかもしれない。

マヘル・シャラル・ハシュ・バズ。

旧約聖書において、エホバの指示でイザヤの二番目の息子に付けられた名前で、「速やかな略奪」といった感じの意味らしい。

その覚えにくい長い名前のバンドのCDを最初に貸してくれたのは大学時代のどの友達だったかもう覚えていない。

二十歳くらいのあの頃、周りのみんなが同じ音楽を聴いていた気がするけれど、それはたまたま趣味の近い人が周りにいた、というよりも、まだみんな自分の趣味が定まっていない頃に、共に長い時間をだらだらと過ごしながら、一緒に趣味嗜好を形作っていった仲間たち、という感覚がある。それは若者であるときにしか得られない関係性だったと思う。

マヘルの音楽は、今までに全く聴いたことがないタイプのものだった。ひとことで言うと、とにかくへろへろしていた。こんなにへろへろの音楽が世の中にあるんだ、そして、こんなにへろへろなものが、なんでこんなにいいんだろう、と思った。

マヘルというバンドは八〇年代頃から活動しているらしいのだけど、中心人物の工藤冬里さん以外のメンバーは流動的で、ライブのたびに入れ替わっている。そして人数が多い。ライブをするときは十数人くらいがステージにいる（小さいライブハウスなどでは少人数の場合もある）。ギターやドラムといったよく見る楽器もいるけれど、多いのはトランペットなどの管楽器だ。ベースの代わりにバスーンの柔らかい音色が低音域を支えている。ボーカルが入っている曲もあるけど、ない曲のほうが多い。

マヘルの音楽は、楽器の奏でるメロディーも、ボーカルも、なんだかへろへろで、どこかずれている。テンポも音程もつかみどころがない。曲も、断片的というか、始まったと思ったら、数十秒くらいですぐに終わってしまったりする。

不安定で、未完成。それが何かになってしまいそうになった瞬間、すぐにそこから逃げ出してしまって、何かの形を成してしまうことを永遠に拒否しているような感じ。だけどその途切れ途切れの未完成なものが、とても切なくて、美しい。

マヘルの音楽は、ちゃんとしたもの、とか、完成したもの、から、全力で遠ざかっているように聞こえた。現世的なものから逃げ続けたところに存在する、幽霊のような音楽。そんなところに僕は惹きつけられたのだった。

マヘルを聴きながら、若者だった頃の僕はこんなことを考えていた。

この音楽はとても素晴らしいけれど、決して世の中でヒットするような音楽ではない、ということもわかる。

ほとんどの人はこれを聴いても、なんだか変な音楽、と思うだけなんだろう。世の中の多くの人は、きちんとわかりやすい歌詞があって、音程やリズムがずれていなくて、AメロとBメロとサビがちゃんと揃っている音楽しか聴かないのだ。

自分の感覚と世間の評価とのあいだに大きな隔たりがあるのを感じた。マヘルの音楽を聴くたびに「素晴らしいものが世間でも売れるとは限らない」ということを身にしみて実感したし、「こんなに売れなそうなものを何よりも素晴らしいと思ってしまう自分は、一生マイナーな生き方をするのかもしれない」ということを予感したのだ。

そして実際に、二十年前想像していたようなよくわからない人生を自分は今生きているし、今でもマヘルを聴き続けている。

また、集団を作るときのあり方の理想のひとつとして、マヘルというバンドを見ていたというのもあった。

僕は大学時代のサークルやシェアハウスなどで、集団のリーダー的な役割を務めることがわりと多かったのだけど、強いリーダーシップで自分のやり方にみんなを従わせるようなリーダーにはなりたくない、とずっと思っていた。僕自身にそんなに強い意見はないし、人を従わせるのも好きじゃない。人が人に従うとか、上下関係というもの自体に抵抗がある。なんとなくゆるく人が集まっているくらいがいい。

しかし、強いリーダーは好きじゃないけれど、かといって、みんなが平等に同じくらいの発言権を持つ民主的な集まりも、それはそれで面白くない。何かを作るときに、全員が平等に意見を出すと、絶対にコンセプトがぶれて中途半端なものになる。面白い作品を作ったり、面白い空間を設計するには、センスと実行力のあるリーダーが必要なのだ。

強権的なリーダーは嫌だという気持ちと、完成度の高いものを作るにはリーダーが必要だという事実。いつもその二つのあいだで迷っていた。

音楽のバンドにおいて、リーダーシップのあり方はさまざまだ。全ての曲をリーダーが一人で完璧に作ってそれを他のメンバーに演奏してもらう、というワンマンバンドもあるし、そこまで一極集中な感じではなく、全員で相談しながら曲を作り上げていくバンドもある。

その中でもマヘルの構成はユニークだ。ライブのときはいつも「参加者募集」という告知がある。参加したい人は誰でも、リハーサルに行くと楽譜を渡されて、演奏に参加することができるらしい。だからマヘルのライブはいつも、メンバーが不定だ。

マヘルの音楽がへろへろでずれているのは、意図的にそうやっているというのもあるのだけど、それだけではなく、あえて楽器が上手くない初心者的な人を演奏に加えたりもしているらしい。

そんなふうに誰でも参加できるという民主的な感じではあるのだけど、しかしできあがった楽曲には、リーダーである工藤冬里さんの個性や音楽性が強烈に感じられる。

みんなそれほど無理せずゆるくやっている感じで、ミスとかもあるけれど、そうした不完全さそのものがコンセプトになっていて、不安定な音の存在自体が音楽性に組み込まれている。不完全なのに、その不完全さが完璧に配置されているように聞こえてくるのだ。

マヘルの音楽には、会場の外から犬の吠える声が聞こえてきても、お客さんがコップを落として割ったりしても、機材の不調で演奏が中断しても、何が起こってもそれが音楽の一部であるような、底の知れない包括性がある。

そんな懐の深さに僕は憧れたのだ。何か集団を作るときは、こんなふうにしたい。来る者は拒まず、去る者は追わずで、誰でも気軽に参加できて、参加者に何かを強制したり無理させたりすることはなくて、みんながゆるく好きなようにやっているのだけど、それでも全体的にはなぜか統一感があって、とても面白い空間が作り出されている、というような。

シェアハウスをやっているときはずっとそんなことを考えながら運営をしていた。しかし、実際の集団作りにおいてはなかなか理想通りには行かず、みんながやりたいように振る舞っていると全体の良さが損なわれてしまうことも多くて、しかたなく何かを禁止したり、拒絶したりすることがしばしばあった。

だけど、いろいろトラブルなどが起きつつも、それでもできるだけ何も強制せず、みんなが自由にゆるくやっている感じにしたい、という理想を持ち続けられたのは、マヘル・シャラル・ハシュ・バズというバンドが達成したものを知っていたから、というのはあったと思う。

リハーサルが結構長いな、と思って物販をのんびり見ていたら、まだ開始時間にはなっていないし、何のアナウンスもなかったけれど、演奏が少しだけちゃんとした感じになっていることに気がついた。それでもこのバンドを知らない人が見たら「練習？」と思いそうなゆるい演奏ではあるけれど、多分これは本番が始まっている。慌てて客席に戻った。

ＭＣなどは一切なく、曲は唐突に始まり、まだ途中のようなところで唐突に終わる。それが何度も繰り返される。美しい曲の断片が空中にいくつも放り出されては、きちんと片付けられないまま、次の曲へと移っていく。

曲なんてちゃんと始まらなくていいし、ちゃんと終わらなくていい。この世界は本当は断片的で非合理的なものの集合なのに、人間はいつもわかりやすい物語や起承転結を求めすぎてしまう。ランダムパターンの中に顔を見つけようとしてしまう。

僕らの普段の生活では、仕事は完成させないといけないし、情報はきちんと伝わるように伝えないといけない。それは確かに社会を成り立たせるためには必要なことなんだけど、ちゃんとやることにみんな疲れているんじゃないだろうか。だから、マヘルの音楽のように未完成な断片がそのまま投げ出されているものを見ると癒やされるのだ。

幽霊の音楽。僕もそういう仕事がしたいかもしれない。未完成でも断片的でも、途中でやめてしまってもいいんだよ、というのをみんなに伝えるような仕事を、この世から半分足を踏み外してしまったような顔色をして。

いつも追いつかれている

サクサクとした衣に歯を食い込ませながら、午前中のほとんど人のいないハンバーガーショップの二階で、とりあえず揚げ物を食べればなんとかなる気がする、というふうにいつでも考えてしまうから自分はだめなのだ、ということをずっと考えている。フライを噛んでいるときのクリスピーな感触だけが意識をはっきりさせてくれるけど、それ以外のことは何もわからない。

冷静に考えるとそんなはずがないのだけど、家にひとりでいるとやらなきゃいけないことが無数にある気がして、わけがわからなくなってくるので、起きるととりあえず用がなくても外に出るようにしている。いつも来ているこの店に来て、ぼんやりした頭をはっきりさせるために、寝起きの低い声で揚げ物の入ったハンバーガーを頼む。この店はトンカツ、チキンカツ、エビカツ、フィッシュフライ、と四種類も揚げ物のバーガーがあるのが気に入っている。マクドナルドのチキンタツタやフィレオフィッシュがそうであるように、ハンバーグが挟まっていないものは厳密には英語ではバーガーとは呼ばないらしいのだけど、このチェーンは気にしていないようで全部バーガーという名前がついている。揚げ物ではない普通のバーガーはほとんど頼んだことがない。なぜかというと、クリスピーじゃないからだ。たいていはトンカツバーガーかチキンカツバーガーを頼んでいる。店員に顔を覚えられて、場合によってはあだ名を付けられそうな、いつも同じ時間に同じ店に来て同じものを頼むような常連客にはなりたくなかったのに、いつの間にかそういう妖怪になってしまった。

バーガーをすごい勢いで食べ終えると、ようやく少しだけ心が落ち着いた気がして、氷入りの烏龍茶をゆっくりと飲む。自分は胃が重くなることを心が落ち着くことと混同している可能性がある。ポテトフライを頼まない分だけ、健康に気を使っていると思っている。昔はとりあえずセットを頼んでいたけど、さすがにもうそんな歳じゃない。本当にどうしようもなくやってられない気分のときだけ、ポテトを頼んでもいいことにしている。チキンナゲットも。年に四回くらいはそういうときがある。

食事を面倒だと思う気持ちが心の奥にずっとあって、だけど空腹でいることにも不快感があって、何も食べたくないけれど何か食べないとやってられない、という状態によく陥ってしまう。そんなときでも、ジャンクフードは「食べさせる力」が強いので食べることができる。塩と油に脳を支配されている。

健康診断ではいつもコレステロールの高さを指摘されている。何も食べたくないときは何も食べないでいられるという体質だったらもっと健康的にいられたのにとときどき思うけれど、それは自分のせいじゃなくて生まれ持った体質のせいかジャンクフードをそこら中で売っている社会のせいだと思っている。まあ、精神的に不安定なときに摂取するのがジャンクフードなのはアルコールよりはマシかもしれない。アルコールは飲んでもそんなに楽しくならない体質なのでよかった。そんなふうに人と比べてよかったとか悪かったとか考えていること自体がくだらないことで自分は自分の体を生きるしかないのだけど。

窓の外に目をやると、お寺と病院と、青空と信号機が見える。この店はテイクアウトの注文が多いので、二階の客席はいつも空いていて、自分だけの貸切状態になることも多くて、居心地がいい。

ハンバーガーショップによく来てしまうのは、「これから食事をするぞ」と意識を切り替えずに何かを食べられるからだ。きちんとしたごはん屋さんに行くと、自分の前にお盆が置かれて、箸や皿が並べられてしまうけれど、それを見ただけで「これから食事をするのか……」と、ちょっとうんざりしてしまうところがある。

ハンバーガーなら、本を読みながらでも、スマホを触りながらでも、パソコンを開きながらでも、本当は食べたくなくても、食べることができる。「これから何かをする（それ以外のことはしない）」と決めることがストレスだ。全部「ながら」でやっていきたい。食事以外の人生のすべてにおいても自分はそうかもしれない。何かひとつのことだけをしなきゃいけないという状態になることがすごく怖いのだ。

昔の自分は同じ店に通い続けるのが嫌いだった。それは堕落、つまり、環境をこまめに変えることで受け取れる刺激を放棄する愚かな行為だと思っていた。毎日同じ街にいるのも嫌で、用もないのにいろんな違う街に出かけていたりもしていた。

いつからか、そういうのが面倒だ、と思うようになってしまった。環境を変えるのは疲れる。安定したいつもの落ち着ける場所にいたい。体力が落ちたせいなのだろうか。自分は堕落してしまったのだろうか。多分そうなんだろう。しかし、その先も人生は続いていくのだ。日々をこなしていくのが精一杯で、気を抜くといつも何かに追いつかれている。

カバンからノートとペンを取り出す。ノートを広げてやらなきゃいけないことを全部ひとつずつ書き出していく。大事なものは大きく、優先度の低いものは小さく。そして、すでに終えた項目に線を引いて消していく。

やらなきゃいけないことは、いったん紙に書かないと手を付けることができない。だから、全部書き出していく。書いてすぐに線を引いて消す。やることがひとつしかないときでも、そうしないとうまくできない。

ノートにふせんを貼ったり剝がしたり、丸めて捨てたり、を繰り返していると、窓際の席で新聞を広げて読んでいた年配の男性が大きなあくびをしたのが目に入った。

気づくと窓の外の光が強くなっている。昼に近づいている。もうすぐ夏がやってくるんだな。ランチタイムが近づいて客席が若干混んできたので、迷惑にならないように帰ることにする。僕は、午前中の空いてる客席だけを使わせてもらえればいい。

帰って、あれとあれをやらなくちゃ。洗濯と、なんだっけ。何かわからないけどあれだ。買うものがいくつかあった気がする。こまごまとした、別に面白くもないもの。なんだかわからないけど、何かをいつもやっていかなくちゃいけないのだ。

このまま逃げ切りたい

高円寺駅の北口のロータリー広場に来るたびに、なぜ東京の中で、高円寺だけがこんなに自由な感じなのだろう、と思う。

大体いつも、昼でも夜でも、路上飲み会をやっている集団が何組かいる。他の駅でも、駅前の広場で飲み会をしている人はいなくはないけれど、高円寺は圧倒的に多い。ギターをかき鳴らしている人もいるし、小さなスピーカーからヒップホップを流している人もいる。何種類かの音楽が入り交じった上に、路上で飲んでいる人たちの会話と、かすかに聞こえる駅のアナウンスと、通り過ぎる電車や車の音と、すべての音がごちゃまぜになっていて、その中心にいるとなんだか心地いい。広場の隅の喫煙所はいつも満員で、何人かはスペースからはみ出したままで吸っている。

東京でこういうのってありなんだ。東京は、とにかく土地が狭くて高くてお金を払わないと何もできなくて、路上で宴会、みたいなちょっと人と違うことをするとすぐに「人に迷惑をかけるな」と怒られる場所だと思っていたのだけど、高円寺ではみんなずいぶん自由にやっているように見える。「高円寺はこういう街だからしかたない」とみんなが思っているせいだろうか。いいね。本来、街というのはこれくらい自由度があるべきだと思う。

ここに来るといつも、京都の鴨川の河原を少し思い出す。便利な場所に広場があって、お金を払わなくても自由に使ってよくて、みんなが酒を飲んだり楽器を演奏したり、特に何もせずにぼーっとしたりしている感じが似ているのだと思う。

もっとも、鴨川は静かで緑があって遠くには山々が見えるのに比べて、高円寺の北口はコンクリートだらけで騒がしくてギラギラとしたビルに囲まれているから、全然雰囲気は違うのだけど。高円寺の北口に鴨川の河原が広がっていたらいいのにな。

歌を本気で聴かせたい弾き語りの人は、ロータリー広場ではなくガード下のあたりによくいる。大体二組くらいがいつもいて、少し距離を取って座って歌っている。

ガード下は最近ちょっと再開発が行われて綺麗になったけど、まだまだ闇市みたいなボロくて胡散臭いエリアが残っていて、飲み屋が路上にたくさんテーブルを出していていつも酔客で賑わっている。

街には楽器を持っている人やタトゥーが入っている人がやたらと目につく。

若者ばかりではなくて、中年以上の年齢で、胡散臭い感じの見た目の人が多いことが、自分のようなふらふらした人間を勇気づけてくれる。年をとってもそういう感じでいいんだ。高円寺にいれば、ずっとちゃんとしないままで生きていけるのだろうか。駅前広場で上機嫌で缶チューハイを飲んでいる、自分より一世代上のおっちゃんたち、それを目指すべきなのだろうか。

駅から約五分、商店街の路面店なんて家賃だってそんなに安くないだろうのに、こんなに古着屋ばかりがいっぱいあってやっていけるのだろうか、そんなに古着は利益率がいいのだろうか、知らない業界の商売のことって全然わからないな、といつも考えてしまう高円寺パル商店街を抜けたところにある古いビルの二階に、小さな書店がある。ドアの鍵を開けて店に入る。今日は店番のシフトの日なのだ。

店内には段ボール箱がいくつか置かれている。今日の朝に取次（書籍の流通業者）が届けてくれた本だ。取次は店の鍵を持っているので、毎朝やってきて店の中に本を置いていってくれる。本屋で働くまでは、書店に本がこんなふうに届けられているということを知らなかった。

白い帯でとめられている箱には今日出たばかりの新刊が入っていて、青い帯でとめられている箱には以前売れた本の補充注文をした分が入っている。届いた本の箱を開ける瞬間はいつも少しワクワクする。今日はこんな本が出たのか。新刊を平台の一番いい場所にどんと積み上げる。たくさん売れるといいな。

スピーカーの電源を入れ、BGMをかけて、店内を掃除して、レジにお金をセットする。開店の準備が一通り終わると、お茶を淹れて、席に座って少しのんびりする。開店前の誰もいない店を独り占めして、ゆっくり本を読んだりする時間が一番好きだ。

ずっと「働くのは嫌だ」と言ってきた自分がこんなことを思うのは過去の自分に対する後ろめたさもあるのだけど、本屋の仕事は楽しい、と感じている。本屋が世界で一番好きな場所なので、店にいるだけで幸福感がある。毎日いろんな新刊が届くのも楽しいし、お客さんがどんな本を選ぶかを見るのも面白い。静かな空間に座ってゆっくりと店番をするのも性に合っている。

昔から本屋が好きだったのに、どうして本屋で働くということを今まで考えなかったのだろうか。まあこの店みたいに小さな個人書店を手伝うのと、大きな書店に就職するのとではだいぶ違うとは思うけれど、もし大学を卒業したとき、就職先として書店業界を選んでいたら、定職につかずにふらふらと生きるのではなく、順調に会社員として働き続けていた可能性もあったのだろうか。

いや、多分だめだな。二十代の頃の自分は本当に社会性や協調性がなかったので、どこに就職しても数年で辞めてしまっていただろう。この店の仕事が続いているのは、四十代になった今だからだ。

昔の自分は落ち着きがなさすぎて、一日八時間同じ場所に座って勤務するのが本当に苦痛だった。それが少し落ち着いてきたのは四十路を過ぎてからだ。単に加齢とともに動き回るエネルギーがなくなってきただけなのかもしれないのだけど、その衰弱のせいでこういった店番ができるようになったのならそんなに悪くない。

書店員の仕事は楽しいけれど、フルタイムで働いているわけではないし、それだけで食べていける収入にはなっていない。まあ楽しいからそれでいいかと思っている。

昔からずっとそうで、今でも相変わらずそうなのだけど、仕事とお金に関係があるということがうまく理解できない。

もちろん理屈としては、「仕事をするとお金がもらえる」という単純な因果関係はわかっている。しかし、自分の中ではいつまで経っても「興味のあることをやっていたらなんとなくお金が入っている」という感覚で、それ以外の意識で上手く仕事ができないのだ。

三十代くらいの女性がひとりでやってきて、十五分ほど店内を見たあと、人生相談の本と台湾の本を買っていった。

本屋にふらっとやってくる人は、差し迫った切実な悩みを抱えているというよりは、何かちょっと面白いものや、日常に刺激を与えてくれるものを求めていることが多いように思う。本屋でぶらぶらと本棚を見て回るうちに、少しずつ心の中が整理されて、自分が何に興味を持っているのか、自分の悩みとはなんだろうか、というのを自覚していくのだろう。

本屋で店番をしていると、そういう瞬間にたくさん立ち会えるのが楽しい。

ここ数年、貯金は減り続けている。大して仕事をしていないからだ。

普通はこういうときにもっと焦るものだと思う。だけど、なぜだか焦る気にならない。危機感を持てない。多分そういう回路が壊れているんだと思う。

貯金があと半分くらい減ったらさすがに尻に火のようなものがついてきて、「そろそろ真剣に考えないといけないな、人生とか」という気持ちになるのではないか、とぼんやりと期待しているのだけど、実際にそのときになったら「さらに半分くらいになるまで意外と平気だな」となりそうな気もする。

そういえば昔は、「何か本を出しませんか」というオファーが年に数件あったけれど、最近はあまり来なくなった。それは出版不況のせいではなく、書き手としての自分の問題だろう。自分自身がそんなにぱっとしない存在になってきているのをなんとなく感じる。まあ、今まで十冊くらい本を出してきて、大体のことは書いてしまって、そんなに書きたいこともなくなってきた、というのもある。

いや、そもそも仕事としては、書きたいことがあるから書くというのではなく、需要のあるものを書く、というのが正しいのだろう。

電力会社の人が全員電力に興味があるわけじゃないだろう。就職して大学職員をやっていたとき、学生の成績表の管理なんて何も面白くなかったけど、自分以外のみんなは淡々とこなしていた。好きとか嫌いとかではなく、求められることをやるのが普通の仕事なのだ。

でも自分にはそういうのがうまくできなかった。自分の興味のあること以外ができないからこんなよくわからない人生になって、高円寺によくいるずっと好きなことだけやってきてそうな職業不詳の胡散臭いおっさんたちに憧れてしまうのだろう。

本屋で店番をしているとき以外は、相変わらず自由というか、制限がなさすぎてだらしのない毎日を過ごしている。

適当な時間に起きて、適当なものを食べて、洗濯をして、ゴミを出す。限りある資源をただ食い潰す、その繰り返し。

少しずつ自分の家事がだんだん雑になっていることにうっすらと気づいているけれど、見ないふりをしている。例えば食事の質や、洗濯や掃除の頻度、丁寧さなど。この雑さが三十倍くらいの速度で進行したら、一年後くらいにはゴミ屋敷の独居老人になるのだろう、という実感がある。

なんだか少しずつ、何かが詰んできている気がしなくはない。

この令和の世の中は、もう自分みたいな生き方が通用する時代ではないんじゃないだろうか、ということをときどき思う。

もともと自分は二〇〇七年頃に「できるだけ働かずに生きていきたい」みたいな内容をブログに書くというところから物書きを始めた。当時はそういう意見がある程度支持を集めることができたのだけど、今同じようなことを書いたとしたら、「人に迷惑をかけずきちんとしろ」と白い目で見られて終わりなんじゃないだろうか。

昔よりも今のほうが、ちゃんとお金を稼がなければならない、という空気が強いように思う。ゼロ年代の頃は不景気が続いているなどと言いながらも、まだ社会全体に余力があったのかもしれない。今は、格差社会化や高齢化が進んだせいか、役に立たないものを面白がる余裕がなくなってしまった。そんな時代の空気の中で、自分の存在が少しずつ時代遅れになってきているのを感じる。今まではなんとかごまかしながらやってこられたけど、この先はかなり怪しい。

しかし、高円寺の街を見ていると、もう時代遅れのものが依然として現役で残り続けている、ということはよくあるな、とも思う。

再開発も少しずつ行われてはいるけれど、高円寺のほとんどはまだ狭い路地が入り組んだごちゃごちゃした街並みが残っていて、昭和の頃からあるような古い店がたくさん立ち並んでいる。こういう猥雑さこそが高円寺だと感じる。

そういえば、何か良いものが失われていこうとするとき、若い頃は「とんでもない、これはずっと残っていくべきだ」と思っていたけれど、四十代になってからは「失われるのは時間の問題だけど、要は自分が死ぬまで逃げ切れるかどうかだな」という視点が出てきた。そして大体いつも、自分が死ぬまでならなんとかギリギリ逃げ切れるんじゃないか、と思っていることに気づく。

まあ、なくなったらなくなったで、そのときは寂しいけど、すぐに慣れて、忘れてしまって、最初からそうだったような気がするんだろう、大体のものは。

過去のこともすぐ忘れてしまって、未来のこともあまり実感が湧かない。今の気分だけをいつも重視してしまう。それは自分のいいところでもあり悪いところでもあると思う。

みんな人生をどうやって生きていってるのか、いつまで経ってもうまく想像できない。

ＳＮＳで、普通の人間ぽくない変なハンドルネームで（たとえば「暴れ大納言」みたいな）、生活感のない変なことをいつもつぶやいている人たちが、ときどき何かの拍子に普段は普通の社会人として働いているのを匂わせるようなことをつぶやいたとき、少し裏切られたような気持ちになる。

自分は「ｐｈａ」という人間かどうかもよくわからない名前で、何をやっているのかよくわからない生活を続けているのだから、みんなももっとわけのわからない生活をしていて欲しかった。自分以外のみんなはちゃんと人生というものを理解してしっかりと生きているのに、自分だけがいつまでも地に足の着かない生活をしている気がしてしまう。

でも、そういう生き方しかできないのだ。先のビジョンは全くないけど目の前のことをひとつずつかろうじてこなしていく、ただひたすらそれを繰り返していって、破綻が来る前に逃げ切りたい。もし破綻してしまったら、そのことを文章にしていろんな人に笑ってもらおうという心の準備だけはいつもしている。

猫との境界線が消えていく

スンスンもタマも同じくらい甘えん坊なのだけど、甘え方はずいぶん違う。

十五歳のメスのスンスンは、甘えたいときはこちらの目をしっかりと見てニャーンと鳴いてくる。甘え方が堂に入っている。

僕が仰向け（あおむ）けに寝転んでいると腹の上に乗って、そこに居座る。背中を撫でてやると、撫でている手を延々と舐（な）めてくる。猫同士が親密さを表現するためにする毛づくろいのつもりなのだろう。猫の舌はちょっとざらざらしているから（骨から肉をこそげ落とすためにそう進化したらしい）、舐められるのはそれほど気持ちいいものではないのだけど、痛いというほどではない。

同じく十五歳でオスのタマは、スンスンと一緒に生まれたきょうだい（五匹同時に生まれたうちの二匹）なのだけど、性格はかなり異なっていて、堂々としているスンスンと対照的に、弱気で臆病だ。

性別の差もあるだろうけど、白っぽい毛並みのスンスンに対して黒っぽいタマと見た目も全然違うし、ひょっとしたら父親が違うのかもしれない。この子たちの父親は誰だかわからないのだ。猫は一度に複数の卵子を排卵する動物で、一度の出産で四〜八匹くらいを出産する。そして同時に生まれた子どものそれぞれの父親が違うということがある。すごい仕組みだ。人間の出産もそんな感じだったらこの社会の構造はずいぶん違っていただろう。家族という概念が根本から変わっていたはずだ。

タマは気が弱いので、スンスンが僕に甘えているときは遠慮して入ってこなくて、スンスンがいないときだけ近寄ってくる。甘え方も、スンスンのように体の上に乗ってくることは決してなく、僕が座っていると寄ってきてそばに座るのだけど、ずっと顔を向こうに向けたままでこちらを見ないでいる。

でも、こちらのことはとても意識しているらしく、そっぽを向いたままで、甘えていることを示すゴロゴロ音を喉からずっと発し続けているのがかわいい。好意を対面では素直に示せないけれどSNSではブヒってる陰キャ男子のようだ。もし人間だったら絶対キモいブログをやっていると思う。

この猫たちとの暮らしも、もう十四年になる。

猫たちを引き取ったのは、シェアハウスを始めて二年目くらいの頃だった。

猫を飼ってみたい、という気持ちは昔からずっとあった。

そうしたらちょうど友人が、ワンルームマンションで猫を六匹飼っていて多頭飼育崩壊していたので（最初は拾った猫を一匹だけ飼っていたのだけど、家から逃げ出した隙に妊娠して五匹産んでしまって、六匹の猫の世話に手が回らなくて部屋がめちゃくちゃになっていた）、そのうちの二匹を譲ってもらったのだ。

「どれでもいいから二匹ちょうだい」と言ったら、彼が連れてきてくれたのが、スンスンとタマの二匹だった。

体が大きくて坊主頭の彼はその二匹を選んだ理由を、

「六匹の中でこの二匹がもっとも甘えん坊で、こいつらがいると一日中まとわりついてきて何も手につかないから、やるよ」

と、ぶっきらぼうな口調で言った。

それはただの本音だったのか、それとも甘えん坊のほうが新しい飼い主にも懐きやすいかららいいだろう、という気遣いだったのか、今でもよくわからない。結果としては、この二匹と暮らすことができて本当によかったと思うので感謝している。

彼の飼っていた猫は、他の四匹もそれぞれいろんな人にもらわれていって、みんな今も元気でやっているようだ。猫を譲ってくれた彼自身は、あちこちの家や職場を転々としたあと、最近失踪して行方不明になったと共通の知人から聞いた。

シェアハウスに住んでいた頃は、猫は、住人や家具やゲーム機などと同じ、シェアハウスという場を成立させるための、舞台装置のひとつという感じだった。

人間ばかりが顔を突き合わせているよりも、猫のような人間以外の存在がうろうろしていたほうが、人と人とのあいだの緩衝材になっていい。猫がいると自然に話題ができる。「猫を撫でたい」という理由で家に遊びに来る人も増える。SNSで映える写真も撮りやすくて便利だ。

家に猫がいることでそんなふうに、空間運営がスムーズになると考えていた。

猫たちのことはもちろん好きだったけど、当時は自分にとってそこまで特別な存在というわけではなかった。

十一年続けたシェアハウスを解散して、一人暮らしをするようになると、予想以上に猫との結びつきが強くなった。

今の暮らしだと人間に誰とも会わない日も多くて、声を出す機会がものすごく少ない。一日で話す相手がコンビニの店員だけということはざらにある（最近はコンビニでセルフレジを使うことが増えたのでますます声を出さなくなった）。

その代わりとして、猫に話しかけることが格段に増えた。

毎日猫を見ているのに、見るたびに、「今日もかわいいね」と口に出している。

目が合うたびに反射的に「ニャー」と話しかけてしまうし、そうすると猫も「ニャッ」と短く答えてくれる。

猫がこちらに近づいてくると「どうしたの？」とつい言ってしまう。猫は大して複雑なことを考えていないから、どうしたもこうしたもないのはわかっているのに。

誰とも会わずに部屋にこもってずっと猫とだけ接していると、猫と自我が融合してくるような感じがしてくる。黒く大きく開いた猫の瞳孔を覗き込む。猫の考えていることは全部わかるし、僕の感情も猫にはすべて伝わっている。一体どこまでが猫で、どこまでが自分なのか。猫を撫でつづけていると、だんだん自分が猫を撫でているのか、自分が猫に撫でられているのか、境界線がよくわからなくなってくる。

僕が住んでいるこの部屋は、一人と二匹だけが存在する閉じた空間だ。

自分と、自分の延長である猫だけしかいなくて、他者が全く存在しない。

本当はこれでよかったんじゃないだろうか。他者なんて面倒くさいものを求めていろいろと外の世界を動き回って、傷ついたり疲れたりしてきたけれど、欲しいものは全て自分の中にあったんじゃないか。


猫のいいところは人間扱いをしないでいいところだ。実際に、人間ではないからだ。一方的にかわいがりまくって、奇声を発しながら毛の中に顔を埋めたりおなかを撫で回したり、勝手に写真を撮ってSNSに上げまくったりしても何の問題もない。

そういった行為は、自分の家族や恋人や友人などにすると、あまりよくない。相手は自分とは別の人間だから、こちらの感情を一方的に押し付けてはいけない。個人情報を勝手にネットにアップロードするのもよくない。

しかし犬や猫などのペットには一方的に愛情を注ぎ込んでもいい。

彼らはあまり複雑なことを考えていないし、SNSも見ない。犬や猫は人間の過剰な愛情を受け止めても大丈夫なようにできている。

ペットと同じように一方的な愛情を受け止めてくれるものとして、アイドルがある。

アイドルのことは、どんなに好きだと公言してもいい。写真を部屋中に飾りまくってもいいし、相手について「神」とか「最高」とか、SNSで勝手なことを言いまくってもいい。妄想の中で勝手な役を演じさせてもいい。

アイドルという職業に対しては、一方的に愛情を注ぎ込んで、相手の存在を一方的に消費することが許されている。

そんな職業が存在する理由は、人間には、相手を人間扱いせずに一方的に愛情を注ぎたいという欲望があるからだろう。

その欲望を、家族や恋人などにぶつけてしまうと、迷惑がられるだろうし、行き過ぎるとDVや毒親と呼ばれる現象に近づいていく。

だから、一方的な愛情を注ぎ込んでもいい存在としてペットやアイドルがいる。

中年になってペットやアイドルにハマる人が多いのは、若い頃のように恋愛沙汰に身を投げこんで、全身が揉みくちゃにされるような元気はないけれど、自分の愛情を注ぎ込む対象はほしい、ということなのだろうか。

今の自分は、猫二匹と暮らす今の生活がずっと続いてほしい、と思っている。

これは今までになかったことだ。僕はすごく飽きっぽくて、現状が常に変わり続けてほしいと考えていたからだ。

そんな自分が、今の生活が変化してほしくない、と思っていることに気づいたときは驚いた。こんな気持ちになったのは生まれて初めてかもしれない。

今までの僕は常に変化を求めすぎていて、だから学校にも会社にも適応できなかった。年をとってエネルギーが減ることで、世間の多くの人の生き方に少し近づいたのだろうか。

そして、今が続いてほしいと思うようになったのと同時に、今が失われてしまうことに恐怖を感じるようになってしまった。

一年後は今と変わらない暮らしを続けられるかもしれない。だけど五年後は怪しい。十年後は無理だろう。

僕自身の加齢もあるけれど、一番ネックになるのは猫の寿命だ。うちの猫たちはもう十五歳で、老年と言っていい歳だ。猫は長生きしたとしても二十歳ちょっとだろう。

十年後はきっと、この猫たちはもういなくて、僕は五十代半ばになっている。五十代、重いな……。そんな状況で一体どうやって生きていけばいいのだろうか。全く想像ができない。この猫たちがいなくなったら、また新しく猫を飼いなおすのだろうか。そんな気力はない気がする。

すべてのものが移り変わっていってほしいと思っていた二十代や三十代の頃、怖いものは何もなかった。

何も大切なものはなくて、とにかく変化だけが欲しかった。この現状をぐちゃぐちゃにかき回してくれる何かをいつも求めていた。喪失感さえ娯楽のひとつとしか思っていなかった。

今の生活に執着ができて初めて、世の中の多くの人々は、こんな恐怖を抱えながら生きていたのか、と思った。みんな将来に不安があるから、その不安を乗り越えるために、家族を作ったり貯金をしたり保険に入ったりという、一見つまらないことをしていたのか。そうか、こんな感じだったのか。

自分が家族に思い入れが全くないせいで、家族を失った人の悲しみも今まではよくわかってなかった。

例えば離婚をして落ち込んでいる人を見ても、さすがに口には出さなかったけれど、「これからは一人で自由に好きなことを何でもできるし、むしろよかったんじゃないか」というくらいに思っていた。

でも、これは僕で言うと、猫を失ったのと同じかそれ以上の悲しみなんだな。それならわかる。理解できる。

猫に対する自分の感情から類推することで、家族を大切にしている人に共感できるようになった。ようやく僕は世の中の仕組みが少しわかってきたのかもしれない。

猫たちは人間が椅子に座っているのに比べて甘えにくいからだ。

机に向かって文章を書いていると、タマがやってきて、じとっとした目でこちらを見ながら、小さな声でニャーと鳴く。どうしたの。甘えたいのか。今ちょっと作業中だから無理だよ。相手にしないままでいると、やがて諦めて去っていく。

スンスンはもっと積極的で、椅子に座っている僕の膝に飛び乗ってくる。そのまま机の上を歩き回ったりするので、キーボードがうまく打てない。もう、邪魔だな。毎日甘えてるのに本当に飽きないな。しかたないのでスンスンを太ももの上で落ち着かせて、そのまま文章を書き続ける。太ももに猫の体温が伝わってくる。ゴロゴロと喉を鳴らす音を聞きながら、無言でキーボードを打つ。

今の自分は、かつて忌み嫌っていた、区別のつかないような毎日を過ごしている。

猫たちも年をとってだんだんと衰えてきた。毛並みのツヤもなくなってきたし、昔ならジャンプして飛び乗れた椅子にも飛び乗れなくなっている。

おそらく、僕よりも猫のほうが先に死ぬのだろう。その覚悟はちゃんとできているのだろうか。

続くあいだは最大限、今の生活を保っていたい。朝起きて、餌をやって、トイレを掃除する。膝の上に乗せて撫でる。抱き上げると嫌がる。布団に入ると寄ってくる。そんなルーティーンを。繰り返しを。明日も、明後日も。

あとがき

若い頃の自分はどんなことを書いてたんだっけ。この本を書く参考にしようと思って、昔出した本を読み返してみたら、若い……、もうこういうのは書けないな……という気持ちになってしまった。

自分は多くの人と違ってこういう性質だからこういうふうに生きにくい、とか、社会のこういうところは変だからこうなればいいのに、とか、そういう感じのことを若い頃はよく書いていた。

今だと、まあ社会のほうにもいろいろ事情があるし、自分の考えてることも極端な一意見に過ぎないし、世界というのはそんなに理想通りに動くものじゃないから、ごまかしごまかしやっていくしかないよな、などと思ってしまう。特に面白くない普通の意見だ。これが大人になってしまうということか。

昔から繰り返されてきたわりとよくある意見やよくある境遇を、自分だけが持っているかけがえのない特別なものだ、と思い込めるのが若さだと思う。それは視野の狭さでもあるのかもしれないけれど、そうした思い込みから生まれたエネルギーが、世の中を変えたり人を感動させたりする。年をとると、そうした何かを変えるエネルギーがなくなってしまう。

ネットで若者の様子を見ていると、その意見は自分が十五年前に言ってたことだ、とか、三十年前にも同じようなことをやってた人がいたよ、みたいなことをよく思ってしまうのだけど、思うだけで絶対に口には出さない。言ってしまうとただの老害だ。別に大したことのない内容だとしても、熱意を持って書きまくれること自体が貴重なことだ。うらやましい。

年をとって、自分の考えていることが特別だとはもう思えなくなってしまった今は、いったい何を言っていけばいいのだろうか。

今まで本を書いてきたとき、実はいつも、なんとなくモデルにしている本が存在していた。自分の好きなこの本とこの本をコピろう、みたいな感じで本を作ってきた。コピーのつもりでも自分らしさがどうしても出てくるものだし、いくつかの本を混ぜたりしているので、何が元ネタかがそんなにわかりやすい感じではないと思うけれど。

しかし、今回この本を書くにあたっては、あの本みたいなのを作りたい、というモデルが特に思いつかなかった。思ったのは、美しい本にしたいな、というのと、自分らしい本にしたいな、ということだけだった。

これも加齢による感性の変化なのだろうか。中年以降は、論理とか勢いとかではなく、美しさとかを目指していくのがいいのかもしれない。

若さというのは本当に魔法のようなもので、本当は大したことがないものを、いくらでもキラキラとしたものに見せかけてくれる。

その魔法が解けてしまうと、いつまで経っても変わらないどうしようもない自分の性格や、面倒くさいだけの人間関係や、とりたてて特別なことなんて起こらない日常などの、しょぼい現実が露わになってくる。

中年の入り口では、そんな現実に直面させられてしまって落ち込んだりもした。だけど、魔法や幻想が解けてからのこれからこそが、等身大の自分でなんとか工夫をしながらやっていかなければいけないという、人生の本番なのかもしれない。そんなふうに思えるようになってきた。

何か本を作りませんか、という最初の打ち合わせのときに、若い頃は勢いだけでいくらでも文章が書けたけど、四十歳を過ぎた頃から何を書いたらいいかわからなくなってしまった、ということを話したら、編集の竹村優子さんが「では、そういう気持ちをそのまま書くのはどうでしょうか」と言ってくれたのだった。

「過ぎ去った若さについて書くとしても、五十歳になってから書くと、もう完全に枯れきった感じの遠い目線になってしまうと思うんですよ。でも、四十代初めの今ならまだみずみずしい喪失感を書けるんじゃないでしょうか」

確かに、それはそうかもしれない。それは今しか書けないことな気がする。

四十代くらいで、僕と同じような虚無感を抱いている人は他にもいるだろう。そういう人たちに向けた文章があってもいいだろう。そういう方向性でやってみよう。しかし、今までと意識を切り替える必要があったからか、書くのにちょっと苦戦して、一年くらい全然進まなかったりもした。なんとか完成して、よかった。

書き始めの頃はたしか四十三歳だったけど、今は四十五歳になってしまった。本を完成させるにはこの二年の経過が必要だったのかもしれない。四十三の頃はまだ三十代を少し引きずっていたけど、四十五になると、さすがにもう諦めがついてきた。鏡の中の自分の老けた顔にも少しずつ慣れてきた。若さはもう完全に去ってしまったのだという気持ちになってきた。

これから先は何をやっていこう。そんなに書きたいことがあるわけではないけれど、本を作るのは好きだ。自主制作の本を作って文学フリマとかで売るのも楽しい。書店の仕事も楽しくやっている。

そういえば、猫二匹のことを本文で書いたけれど、半年前と先月に、一匹ずつ死んでいなくなってしまった。どちらも十六歳だった。寂しい。家に自分以外の生き物が誰もいないことに、まだ慣れていない。そのうち慣れるのだろうか。

というか、あんなにかわいい二匹が十五年間も自分と一緒にいてくれた、そのことが嘘のような気がしてきている。どう考えても不自然だろう。こうやってずっとひとりで過ごしているほうが自分みたいな人間には似合っている。これが自分の本質なのだ。

多分それは間違ってはいないのだけど、「人生に意味はない」とか「みんなそのうち死ぬ」とか、あまり本質がむき出しになってしまうと、人間は生きていけなくなるという、そんな気もしている。みんな適度に何かで何かをごまかしているから、なんとか毎日を過ごしていけている。難しい。ごまかさずに向き合うべきものと、ある程度ごまかしていくべきもの。その二つがこの世界では入り交じっていてややこしいのだ。

二〇二四年四月

pha

本書は、

ブログ「phaの日記」掲載の記事を

大幅に加筆・修正した

「どんどん自動化されていく」「ウェブ2.0と青春」を除き、

書き下ろしです。

ブックデザイン
鈴木千佳子

DTP
美創

p h a

1978年生まれ。大阪府出身。京都大学卒業後、就職したものの働きたくなくて社内ニートになる。2007年に退職して上京。定職につかず「ニート」を名乗りつつ、ネットの仲間を集めてシェアハウスを作る。2019年にシェアハウスを解散して、一人暮らしに。『持たない幸福論』『がんばらない練習』『どこでもいいからどこかへ行きたい』（いずれも幻冬舎）、『しないことリスト』（大和書房）、『人生の土台となる読書』（ダイヤモンド社）など著書多数。現在は、文筆活動を行いながら、東京・高円寺の書店、蟹ブックスでスタッフとして勤務している。

パーティーが終わって、
中年が始まる

2024年6月5日　第1刷発行
2024年9月15日　第5刷発行

著者／pha

発行人／見城 徹

編集人／菊地朱雅子

編集者／竹村優子

発行所／株式会社 幻冬舎

〒151-0051 東京都渋谷区千駄ヶ谷4-9-7

電話：03(5411)6211(編集)
03(5411)6222(営業)

公式HP：https://www.gentosha.co.jp/

印刷・製本所　中央精版印刷株式会社

検印廃止

　ISBN978-4-344-04293-3 C0095